書下ろし

長編時代小説

秘剣孤《こ》座《ざ》

佐伯泰英

祥伝社文庫

目次

『秘剣』主な登場人物

一松《いちまつ》
元摂津三田藩《せっつさんだはん》家臣・大安寺一松弾正《だいあんじいちまつだんじょう》と名乗る。
父は摂津三田藩の中間《ちゅうげん》・伍平《ごへい》。父を殺された仇《かたき》に諍《いさか》い相手の藩邸出入り商人らを叩き伏せたところ、小伝馬《こでんま》町の牢屋敷に放り込まれ、江戸所払いの刑をくだされる。
「中間小者《こもの》は人間ではない」ということを嫌というほど思いしらされた一松は、「武士になろう」と誓った。
名刀備前国長船兼光《びぜんこくおさふねかねみつ》を使い、「雪割り」「瀑流《ばくりゅう》返し」「乱舞《らんぶ》」などの秘剣を編み出す。
母は浜松宿「遠州屋」の飯盛りだったたき。伍平とともに足抜けしようとするも天竜川で溺死。

やえ
千住掃部《せんじゅかもん》宿の飯盛旅籠・松亀楼の元女郎。
一松に身請けされる。房州九十九里白子浜《くじゅうくりしらこはま》の育ち。身請け後、白子浜に戻る。母のしげ、ばあ様のたつ、弟の良太のほかに弟妹が四人いる。

徳川光圀《とくがわみつくに》
水戸《みと》藩元藩主。佐々木介三郎《ささきすけさぶろう》、安積覚兵衛《あさかかくべえ》を従える。当代水戸藩主・徳川綱条《つなえだ》や五代将軍・綱吉《つなよし》とのあいだに確執があり、一松に影警護を依頼する。

清泉尼《せいせんに》
尼寺・連雀院《れんじゃくいん》の庵主。一松がかつて出会った舟饅頭《まんじゅう》＝売春婦・おさよの母親。かつて日本橋の扇子屋・みやこ屋の妾だった。

愛甲喜平太高重《あいこうきへいたたかしげ》
薩摩《さつま》藩下士の倅《せがれ》。薩摩を飛びだして諸国行脚の旅に出る。弾正ヶ原《だんじょうがはら》にて一松に薩摩示現《じげん》流を伝授。
元禄二年（一六八九）死去。一松がその亡骸《なきがら》を葬る。

萬次郎《まんじろう》
薩摩藩江戸屋敷の探索方。一松の動向を絶えず探って薩摩に報告することを使命と心得ている。

第一章　酉《とり》の祭舞《まちまい》

一

須崎《すざき》村の竹屋《たけや》ノ渡し場に木枯《こが》らしが吹きつけていた。乗合船を待つ人々は身を縮めて風を避けようとしていたが、この年一番に吹く木枯らしは容赦《ようしゃ》なかった。

大川《おおかわ》の水面も白波が立っていた。

元禄《げんろく》五年（一六九二）陰暦《いんれき》十一月のある日、刻限は八つ半（午後三時）。だが、曇天《どんてん》のせいで夕暮れのように暗かった。

「若様、渡しは大丈夫でございましょうか」

船止めを気にした中間《ちゅうげん》が若い主に訊《き》いた。馬乗り袴《ばかま》の若侍が波立つ流れを平然と見て、

「忠蔵《ちゅうぞう》、これほどの風なにごとかあらん。船止めなどとはぬかさせぬわ」

と吐き捨てた。

二十一、二歳か、鼻っ柱の強そうな顔は紅潮していた。

二人の後ろには一頭の馬が繋《つな》がれていた。主従は遠乗りに出た戻り道であろうか。

大安寺《だいあんじ》一松《いちまつ》は肩に四尺五寸（約一三六センチ）の赤樫《あかがし》の木刀を担《かつ》ぎ、渡し場から離れた岸辺に立っていた。身の丈六尺三寸（約一九一センチ）余の腰には恐ろしく長大な一剣がぶちこまれていたが、それすらもこの若者の巨軀《きょく》には小さく見えた。

備前《びぜん》国の刀鍛冶《かじ》が鍛造《たんぞう》した長船兼光《おさふねかねみつ》、刃渡り三尺一寸八分（約九六センチ）という長ものだ。

その柄元になぜか革紐《ひも》で編んだ草鞋《わらじ》がぶら下げられていた。

一松は渡し船が上流からの北風に逆らいながらもなんとか渡し場に近付いてくるのを見ていた。風のせいで二人船頭だ。今度は視線を下流に転じて今出てきた水戸《みと》藩蔵屋敷を見た。

御三家水戸の蔵屋敷は西に大川、南は源森《げんもり》川に面し、東と北は幅二間（約三・六メートル）ほどの堀に囲まれ、二万三千余坪の広さを持っていた。

大安寺一松は数日前より蔵屋敷のお長屋に住まいしていた。

水戸の老公光圀《みつくに》の供頭《ともがしら》の安積覚兵衛《あさかかくべえ》が、

「水戸屋敷なれば、そなたの宿敵薩摩《さつま》もそうそうには手が出せぬ。どうだ、大安寺どの、蔵屋敷は馴染《なじ》みの場所、住まぬか」

と用意してくれたものだ。

半年前、薩摩に捕捉された一松は薩摩下屋敷に幽閉された。その屋敷から逃走を企て、身に大怪我を負ったことがあった。その折、安積らに助けられ、水戸藩の蔵屋敷に滞在して療養したことがあったのだ。

また数日前、水戸街道小金原《こがねはら》の馬集めで江戸に向かう光圀の行列が刺客団に襲われた。それを蹴散《けち》らしたのは一松だ。

江戸に戻った一松の塒《ねぐら》を小梅《こうめ》村の蔵屋敷に定めよと命じたのは水戸中納言光圀であることは承知していた。

光圀は稀有《けう》の力を持った一松を自らの政争の道具として使おうとしていた。そのことを一松とて推測できないわけではなかった。

雨露を凌《しの》げ、台所に行けばいつでも飯が食える場所であるお長屋を与えられたのだ。一松にとってなによりのことであった。まして西国の雄である薩摩藩との戦いを繰《く》り返す一松にとって水戸藩の後ろ盾《だて》は大きかった。

一松は摂津《せっつ》三田《さんだ》藩三万六千石九鬼長門守《くきながとのかみ》の上屋敷にて、中間の子として物心ついた。父親の伍平《ごへい》は、

「おまえは浜松《はままつ》城下の寺の門前で拾った餓鬼《がき》だ」

と放言していた。

母親の情も知らず、中間部屋で博奕《ばくち》、喧嘩沙汰《けんかざた》、時に町娘を連れ込んでの強姦《まわし》の現場などを見て一松は育った。

八歳の折には裏霞《かすみ》ヶ《が》関小路《せきこうじ》の、

「悪松《わるまつ》」

として名を売っていた。

十四歳で見習中間の資格が与えられ、屋敷の年増女中に手解《てほど》きされて女の味を知った。

伍平は六尺（約一八二センチ）の身の丈を持ち、二十四貫（九〇キロ）の大男だった。血のつながりはないはずの一松も、ひょろりとした体型の若者になった。若い家臣は、

「ひょろ松」

と呼んで蔑《さげす》んだ。

一松十七歳、中間部屋で開かれた賭場《とば》で刃傷《にんじょう》沙汰が起き、伍平はあっさりと殺された。

お長屋へ伍平の傷だらけの死骸が運ばれてきたのを見た一松は、賭場に乗り込むと、諍《いさか》いの相手と伍平をよってたかって殴り殺しにした中間頭らを六尺棒で強《したた》かに叩《たた》き伏せた。

騒ぎの直後、摂津三田藩では一松を藩邸から放逐《ほうちく》した。

伍平の諍いの相手は藩邸出入りの大店《おおだな》備州《びしゅう》屋の番頭で、三田藩では多額の借金を備州屋から負っていたのだ。藩では御用商人の手前、そうせざるを得なかったのだ。

それぱかりか、藩邸を出された一松を南町奉行所の定廻同心市橋武太夫《いちはしぶだゆう》と御用聞きの梟《ふくろう》の黒三郎《くろさぶろう》らが待ち受けて襲いかかってきた。

藩では一松の反撃を恐れ、出入りの町方同心に因果を含めさせたのだ。

一松は激しく抵抗したが、多勢に無勢で捕縄に絡《から》め取られた。小伝馬《こでんま》町の牢屋敷に一旦留置された後、牢屋敷前で百叩きの上に、江戸所払いを命じられた。

江戸無宿一松、それが十七歳の若者の身分だった。懐《ふところ》に一文の銭すらなかった。

世間が無宿者と見なすならば自らの身分を偽り装《よそお》うまでだ。銭がなければ有るものから奪いとればいい。十七歳の一松が咄嗟《とっさ》に悟ったことだ。

一松は品川《しながわ》宿からの遊び帰りの勤番侍二人を襲い、衣服、大小、紙入れなどを強奪した。慌《あわ》てて身につけた小袖に黒蠟《くろろ》塗の大小を差し落としたとき、一松はおぼろに、

「侍になる」

と心に決めた。

時代はまだ戦国の気風をわずかながら残していた。浪々の剣客たちもまだ仕官を求めて諸国を放浪していた。だが、もはや大名家や旗本家に仕官できる当てはなかった。

武士の表芸の剣術の腕を持ちながら、仕官できぬ鬱々《うつうつ》とした気分が浪々の武芸者たちの胸に渦巻いていた。

そんな最中の、

「侍志願」

だった。

一松の眼前にようやく渡し船が到着した。

青ざめた顔で乗合客が岸に上がってきた。船頭が、

「お客人、渡しは船止めだ！」

と宣告した。

その声を無視したのは馬を引いた主従二人だ。中間が手綱《たづな》を引いた馬と一緒に乗り込んだ。

「船を出せ」

「お侍、見てのとおりの風だ。馬なんぞ乗せて川渡りできるものか」

「なんのことがあろうか」

舳先《へさき》付近に主従がどっかりと陣取った。他の乗合客が迷う風情を見せ、波立つ川面を見て諦《あきら》める者もいた。

一松が巨軀を船に乗せた。それを見た四、五人の男女が後に続いた。

「船頭、船を出せ」

舳先から若侍が横柄《おうへい》に命じ、船頭二人が顔を見合わせた後、

「仕方ねえ」

「流されても知らねえぞ」

「渡って来たんだ、向こう岸に戻らねえわけもあるめえ」

と押し殺した声で問答が交《か》わされ、杭に回された舫《もや》い綱が外され、竿《さお》が突かれた。

二人の船頭は船着場を離れると苦労して舳先を回した。

その間に船は半町ほど下流に流されていた。

櫓《ろ》に変わり、船が安定した。それでも上流から吹きつける木枯らしが渡しを下流へと押し流そうとした。

船頭は呼吸を合わせ、掛け声をかけ合い、なんとか流れの中ほどへと差し掛かった。

乗合客の間に、

（なんとか無事に渡れそうだ）

という安堵《あんど》感が流れた。

その空気に逆らうように一段と激しい木枯らしが渡し船を襲った。

その気配に馬が動揺したか、船底をかたかたと鳴らして蹴《け》った。

渡し船が大きく揺れ、客の間から悲鳴が上がった。

「お侍、馬を静めてくんな！」

船頭が叫び、若侍が、

「船をしっかり操らぬか！」

と言い返した。

さらに強い烈風が渡しを襲った。

馬が後ろ脚を大きく蹴り上げて暴れ出した。

「忠蔵！」

と叫んで、立ち上がった若侍が暴れる馬の手綱を取り、強引に押さえ付けようとした。

重心が高くなった船はさらに不安定に横揺れした。

「ひえっ」

女客が悲鳴を上げた。

その直後、馬が大きく跳ねると手綱を取った若侍の体に襲いかかった。

渡し船は大きく右舷《うげん》側に傾き、若侍と馬が水中へと落下した。

「長太郎《ちょうたろう》様！」

中間が若い主の危難に悲鳴を上げて立ち上がろうとした。

「立つんじゃねえ、座ってくんな！」

船頭が必死で叫び、立ち上がりかけた中間や乗合客が座って、船はなんとか転覆を免《まぬが》れた。

一松は馬と一緒に水面に姿を見せた若侍の長太郎を見た。

「長太郎様！」

中間が転落した主の身を案じて叫んだ。

長太郎は泳ぎができないのか両手をばたつかせて必死の形相《ぎょうそう》だ。

手綱が一松の座す船縁《ふなべり》に流れてきた。

一松は四尺五寸の木刀を差し伸べると手綱を引き寄せて摑《つか》んだ。さらに木刀を浮き沈みする長太郎の顔の前へと突き出し、

「摑まれ」

と命じた。

だが、錯乱した様子の若侍には差し出された救いの木刀が目に入らなかった。

一松は木刀の先で額《ひたい》をこっこっと小突《こづ》くと、

「摑まらぬか」

とさらに注意を呼びかけた。ようやく気づいた若侍が木刀に縋《すが》った。

一松は木刀を片手で船縁まで引き寄せ、若侍の襟首《えりくび》を片手で絞り上げるように摑むと、
ひょい
と水中から大根でも引き抜くように摑み上げ、船中に転がし落とした。凄《すさ》まじい腕力だ。

若侍が引き上げられた衝撃に船が揺れ、また悲鳴が上がった。

一松は構わず片手に保持していた手綱を引くと馬を渡し船の船縁に寄せ、首筋を叩いて、

「どうどう、もう心配ないわ」

と安心させると船頭に、

「このまま進めよ。馬は水中を泳がせていく」

と命じた。

「へえっ」

二人の船頭が櫓を改めて握り直し、漕《こ》ぎ出した。

流れから首だけ出した馬を、一松は片腕を巻いて優しく抱き締め、声をかけ続けると、馬は安心したか大人しく従った。

もともと大名屋敷育ちの中間の子の一松だ。厩《うまや》番は当たり前、馬の世話も手馴れていた。

船がようやく安定を取り戻した。

「旦那《だんな》、おまえ様の大力には呆《あき》れたぜ。まるでお侍を赤子のように持ち上げなすった、それも片手でだぜ」

とようやく余裕の出た船頭が一松の背から話しかけた。

「いや、私は荒れる大川で溺《おぼ》れ死ぬのかと思いましたよ」

と隠居風の年寄りが首を竦《すく》めた。

「おれも金槌《かなづち》だ、流れに放り出されたら土左衛門《どざえもん》は確かだったぜ。旦那、助かったぜ」

最初に悲鳴を上げた女はふいに一松の方を見ると、口の中で念仏を唱えて両手を合わせた。

一松に助けられた若侍は中間に介抱されていたが、なんとか落ち着きを取り戻したようだ。

　ようようにして渡し船は今戸橋《いまどばし》際の船着場に到着した。

　一松は手綱を摑むと船から船着場に沿って馬を誘導し、岸へと上げた。

　馬が体を震わすと水を跳ね飛ばして嘶《いなな》いた。

　渡し船からずぶ濡れの若侍と中間が下りてきた。

　一松が手綱を中間に渡し、船着場から土手道へと上がろうとした。

「待て」

　と声がかかった。

　若侍からだ。

「そのほう、最前、武士の面体を木刀で小突きおったな。直参《じきさん》旗本六千二百石花房大膳《はなぶさだいぜん》嫡男《ちゃくなん》長太郎達爔《たつおき》、許せぬ」

　若侍が一松に文句をつけた。乗合客の前での醜態《しゅうたい》を糊塗《こと》せんとしての挙動であろう。

「命を助けられて一言の礼もなしか。その上、さような言いがかりをつけるとはおもしろきかな」

　と一松の表情が変わった。

「おもしろいだと」

「お助け料を出せ」

「なにっ」

「大身旗本なれば懐にそれなりのものを持っていよう」

「おのれ、正体見せおったな。やはり金目当ての所業であったか、不逞《ふてい》浪人者めが」

花房長太郎が濡れた剣を引き抜くと大上段に構えた。中間は思わぬ展開におろおろして、

「若様」

と窘《たしな》めようとした。

乗合客も、

「おいおい、若様よ、そりゃあないぜ。なにか忘れちゃあいねえかい。おまえ様と馬はよ、この方に大事な一命を助けられたんだぜ」

「私たちだっておまえ様のお蔭《かげ》で死にそうな目に遭《あ》ったんだよ。すまなかったの一言があってもいいじゃないか」

と口々に言い出した。

それがいよいよ花房長太郎の昂《たかぶ》った気を刺激した。

「おのれ、成敗してくれん！」

長太郎が突進して、大上段の剣を振り下ろした。

一松の長軀が迎え打つように走ると片手に持っていた木刀が片手殴りに振るわれ、振り下ろされる刃を弾いた。

きーん！

刀身が二つに割れる音が響いて、折れた刃の先が大川の流れへと飛んだ。さらに木刀の切っ先が立ち竦《すく》む長太郎の鳩尾《みぞおち》に差し込まれ、くたくたとその場に倒れ込んだ。

一瞬の早業だ。

「中間、一旦は助けた命だ、許して遣《つか》わす。懐の有り金、置いていけ！」

忠蔵が主の懐から印傳《いんでん》の財布を引き出した。

一松が引ったくり、中身を調べた。

「旗本六千二百石と大言しおったが、中身はたったの三両ぽっちか」

小判だけを抜いた一松は財布を忠蔵の足元に投げ返し、倒れ込んだ長太郎を再び抱え上げると馬の鞍《くら》に寝かせた。

「屋敷まで主を落とさぬように帰れ」

忠蔵ががくがくと頷《うなず》き、手綱を引くと船着場から去っていった。それを見送った一松は船頭に、

「汗掻《か》き料よ、受け取れ」

と一両を投げた。器用に受け取った船頭が、

「旦那の上前をはねていいんですかえ」

「構わぬ」

一松がくるりと背を向けると船着場に歓声が起こった。

二

一松の巨軀は四半刻（三十分）後に鷲《おおとり》明神社の一の酉《とり》の賑《にぎ》わいの中にあった。

境内では柄の長い実用品の熊手におかめの面と四手を飾りつけた縁起物の熊手が売られ、これを競って妓楼《ぎろう》、茶屋、船宿、芝居者、鳶《とび》の頭などが買い求め、供の者に肩に担がせて得意げに歩いていた。さらには笹枝《ささえだ》に通した何首烏玉《かしゅうだま》、粟餅《あわもち》が売られていたりした。

何首烏とは大陸から渡来した何首烏芋《いも》のことで、このむかごの蒸《ふ》かしたものを笹枝に差したのが何首烏玉だ。

この賑わいを『江戸府内絵本風俗往来』はこう記す。

「葛西《かさい》花又村に鳳《おおとり》大明神あり、また目黒《めぐろ》にもありしが、浅草新吉原《あさくさしんよしわら》裏の裏田圃《たんぼ》にある当

社こそ、此日夥《おびただ》しき参詣《さんけい》なり。当社は、金龍山観世音《きんりゆうざんかんぜおん》あり、猿若町《さるわか》の三芝居あり、吉原の遊郭《ゆうかく》ありしためと知らる。又此社に詣づる老若男女いづれも、衣服に綺羅《きら》を飾り、髪の結《ゆい》ざまより、踏める下駄、雪駄、草履《ぞうり》に至るまで吟味《ぎんみ》して出立しは、見への場所あるによるなり……」

この風景は江戸が終わり、明治に入ってのことだから、一松の目に映る初酉の様はもっと素朴だったかもしれない。

「旦那、ちょいと稼いでいかねえか」

遊び人の下っ端が姦《かしま》しく声をかけ、袖を引っ張った。

初酉の日は境内のあちこちで露天博奕が開かれた。

一松に当てがあるわけではない。蔵屋敷で小耳にはさんだのが鷲明神の一の酉の祭礼だ。暇《ひま》つぶしに出かけてきただけだ。

懐には最前得た二両があった。

一松は何人目かの誘いに乗って、参道横手の筵《むしろ》掛けに入った。

土地のやくざが仕切る賭場は地面に筵を敷いただけ、半畳の畳に白布を張って盆茣蓙《ぼんござ》として、白装束《しょうぞく》の上体を肌脱ぎにした壺《つぼ》振りが客を睨《にら》んでいた。

決着のつきやすい丁半博奕だ。二つのさいころの目の合計が偶数ならば丁、奇数ならば半、客はどちらかに賭《か》けた。
露天の小便博奕、駒札はなく、銭金をそのまま賭けた。
一松が賭金を見ると銭百文を紐《ひも》で結んだ緡銭《びんせん》が主で、ぱらぱらと二朱金、一分金が混じっていた。
一松は客の間に巨軀を入れた。
混み合った人と人の間だ、割り込まれた客が、
じろり
と割り込んだ相手を見たが、その巨軀と殺伐《さつばつ》とした風貌《ふうぼう》に首を竦め、
ぺこり
と頭まで下げた。すでに客の前には銭や金が張られていた。
「旦那、丁半どっちになさいますな」
一松が露天の博奕場を眺め回し、
「丁」
と一両を投げた。
おおっ
というどよめきが起こり、

「新客の旦那のご祝儀、丁半揃いました！」

と壺振りが景気をつけてくれた一松ににっこりと笑いかけた。裸の胸前で壺とさいころを持った両手を交差させ、中空でさいころを壺に勢いよく投げ込むと、

「勝負！」

と半畳の盆茣蓙の上に伏せた。

なかなかの手練《てだれ》だ。

客が固唾《かたず》を呑んで壺を見守った。

一拍二拍、客の呼吸を読んだ壺振りが、

ぱあっ

と壺を振り上げ、

「一、六の半！」

と宣告した。

喜びと溜息《ためいき》が同時に弾け、胴元の手先たちが丁の賭金を回収し、半方には倍返しで戻した。

一松の一両もあっさりと消えた。

派手などてらを着た胴元が座を見回し、

「そろそろ丁方に風向きが変わってもようござんすね」

と客の気持ちを煽《あお》った。どうやらこのところ半の目が続いているらしい。

客たちは思い思いに銭金をどちらかに賭けた。半方が八分、丁の目には二分の客しか賭けていない。

「丁方ございませんか」

一松が最後の一両を投げて、

「丁」

と繰《く》り返した。

博奕もさいころも生き物、ひょんな加減で流れが変わる。大名屋敷の中間部屋の賭場の空気を吸って育った一松の身に染みついた考えだ。

潮目が変わるときだと勘が教えていた。

「丁半、揃いました！」

壺振りの腕が、翻《ひるがえ》り、壺が盆茣蓙に伏せられ、上げられた。

「二、四の丁にございます」

さらに大きなどよめきが起こり、賭場が活気づいた。

一松は一両を丁の目に賭け続け、半刻（一時間）ほど過ぎた頃、二十数両が手許《てもと》に集まっていた。

再び潮目に差し掛かった、と一松は読んだ。

「遊ばせてもらったな」

壺振りの前に二両を投げ与え、残りの小判と一分金を摑み取ると手拭《てぬぐい》に包み、懐に突っ込んだ。

一松が抜けたことで盆茣蓙に急に弛緩《しかん》した空気が漂《ただよ》い、

「おれも退《ひ》け時だ」

と何人かの客が立った。

一松が鷲明神の社地を出ると人の流れが吉原へと向かっていた。

木枯らしは弱まっていた。だが、すでに夕闇《ゆうやみ》が下り、そのせいで新吉原の明かりが力を増して夜空を赤々と焦《こ》がしていた。

明暦《めいれき》の大火（一六五七）の後にこの吉原田圃に移転してきた新吉原は京の島原《しまばら》の遊里に倣《なら》って建築されていた。

東西京間百八十間（約三五五メートル）、南北京間百三十五間（約二六六メートル）の方形の土地は二万七百六十坪だ。その周りを幅五間（九メートル）の鉄漿溝《おはぐろどぶ》が取り巻き、出入口は北側の大門だけだ。だが、この酉の祭礼日、

「西のまちにかぎり吉原の遊里大門の他、平日閉て通行禁ぜし門皆推開て通行すること

を許した。

……」

そのせいでいつにも増して吉原は賑わいを見せていた。

一松は人の流れから外れ、竜泉寺《りゅうせん》の田圃へと外れて歩き、人の目がなくなった畦道《あぜみち》で長々と小便をした。

その背後にばたばたと草履の音が乱れて響いた。ゆっくりと腰を振り、小便の滴を切って、用足しを終えた一物を下帯に仕舞った。

振り向くと六、七人の男たちが一松を半円に囲んでいた。その中の二人は浪人者だ。

「達三《たつぞう》、この木偶《でく》の坊が賭場荒らしか」

「南部《なんぶ》の旦那、おっしゃるとおりで」

懐手の用心棒剣客が兄貴分達三に問い、達三が答えた。

露天博奕の胴元が失った金子《きんす》欲しさに差し向けた子分と用心棒だ。

一松は平然と見回した。

賭場と名のついたところはすべてインチキがまかり通る、これが博奕場で殴り殺された親父を持つ倅《せがれ》の認識だ。負けた金子を取り戻しにきた連中の行動が格別というわけでも

ない。

「若造、懐の金子、黙って出しねえ。ならば命だけは許してやろうかえ」

「口上は聞いた。取り戻したくば腕でこい」

これが一松の答えだ。

「なにっ！」

達三が懐から匕首《あいくち》を抜いた。

「南部先生」

「任せよ、仕留める」

南部と呼ばれた用心棒は年の頃、三十五、六か。身丈は五尺七寸（約一七三センチ）余、がっちりとした体格に太鼓腹《たいこ》が突き出していた。もう一人の仲間は反対にひょろりとした体付きで左の肩が極端に落ちていた。

二人の用心棒は匕首を抜いた達三を間に挟んで並び、一松の前に出た。

間合いは一間半（約二・七メートル）。

「直心影流《じきしんかげ》南部平九郎義惟《へいくろうよしのぶ》」

「無外流《むがい》立嶋無鵠《たてしまむこく》」

とひょろりとした剣客も名乗った。

「下郎《げろう》、頭を下げるのは今だぞ、どうするな」

一松がにたりと笑った。それが答えだった。

「やる気か。流儀はなんだ」

一松は肩に担いだ四尺五寸の赤樫の木刀を片手で下ろし、だらり

と垂らすと、

「愛甲派示現流《あいこうはじげんりゅう》大安寺一松弾正《だんじょう》」

と名乗った。

「愛甲派示現流とな、薩摩《さつま》の御家流の流れか」

南部の声が真剣味を帯びた。

「いかにも」

中間の子の一松に薩摩藩に伝承される実戦剣法示現流を教え込んだのは、流浪の老剣客愛甲喜平太高重《あいこうきへいたたかしげ》だった。

伝授の場は箱根《はこね》の山中だ。

愛甲老人は中間上がりの一松の持つ稀有の体力と運動神経を見抜き、志を果たすことなく朽《く》ち果てようとする自らの剣技と心得を病の体をおして伝え、死んだ。

一松の木刀が片手のまま上段へとせり上がり、南部と立嶋が剣を抜いた。
南部は正眼《せいがん》に、立嶋は下がった左肩の前に刀の切っ先を天に突き上げるように立てた。
一松の巨体がゆっくりとその場に沈み込み、目線が南部よりも下がった。片手の木刀に
もう一方の手が添えられ、
ちぇーすと！
という怪鳥《けちょう》の叫びにも似た気合いが竜泉寺村の田圃の夜気を震わし、一松の巨体が虚
空に高々と飛び上がった。
おおっ
という驚きの声を発しつつも南部平九郎は正眼の剣を脇構えに移し、一松の跳躍の間合
いを計りつつ、虚空へと振り上げた。
夜空に身を置いたとき、一松は南部平九郎に狙《ねら》いを定めていた。長い滞空力を生かし
て、南部の振り上げの間合いを外した一松は、両手に保持した木刀を背まで振り上げて叩
きつけ、その反動を利して振り下ろした。
木刀に裂かれた空気が、
ひゅっ
と鳴った。

雪崩《なだ》れ落ちる木刀は圧倒的な破壊力を見せて南部の脳天《のうてん》を叩き割り、その五体をくねくねと揺らした。

どーん！

と一松が着地したとき、横手に匕首を構えた達三が、その向こうに立嶋無鵠が立っていた。

二人してあまりの衝撃に身動き一つできなかった。

ずずーん！

と地響きを立てて、南部が崩れ落ちた。

わあぁっ

と叫びながら達三が匕首を閃《ひらめ》かせて突っ込んできた。

一松は中腰のままに手元まで引き付け、南部の血に塗《まみ》れた木刀を胴抜きに叩き込んでいた。

木刀の先端に体をくの字に曲げて乗せられた達三が吹き飛ばされ、一松の眼前に逆八双に構えた立嶋が見えた。

「おのれ、小賢《こざか》しき剣を遣いおって」

両の目尻を吊《つ》り上げた立嶋は踏み込みざまに立てた剣を振り下ろした。

一松は横手に流れた木刀を手元に引き寄せる余裕がないと見ると、中腰の姿勢のままに立嶋に体当たりした。

六尺三寸の巨軀の肩がひょろりとした立嶋の胸を打撃した。

立嶋は斬撃《ざんげき》よりも相手の体当たりが早いと悟った瞬間、一松のぶちかましを避けようと横手に飛んでいた。それでも立嶋の体は斜め後方に飛ばされた。

立嶋は体勢を整えた。

一松もまたすでに身構えていた。

互いに剣と木刀を上段に構え合った二人の間合いは二間（約三・六メートル）ほどであった。

一瞬の睨《にら》み合いの後、二人は同時に踏み込み、得物を相手の眉間《みけん》に落とし合った。

剣と木刀、斬撃の速さが異なっていた。

四尺五寸の赤樫の木刀は一条の光になって立嶋の脳天に叩き込まれ、

ぱあっ

と脳漿《のうしょう》と血を辺りに吹き散らした。

戦いの場に森閑《しんかん》とした静寂が満ち、恐怖が支配した。

一松が残ったやくざの手先を見た。

木刀の先がゆっくりと回り、一人の三下奴《さんしたやっこ》を指した。

「どうするな」

なにか答えようとしたが言葉にならなかった。硬直していた五体に瘧《おこり》が取り付いたように震え出し、

わあわあ

という意味不明の言葉が洩《も》れた。

「行け、許す」

一松の声に呪縛《じゅばく》が解けたか、三人が銘々《めいめい》に叫びながら逃げ去った。

新吉原裏の田圃の闇に血と死の臭《にお》いが漂った。

一松は田圃の畦の溝に溜まった水で木刀の血糊《ちのり》を洗い、ついでに手を洗った。

いつもは閉じられた西河岸の門が開かれ、跳ね橋が下りて、ぞろぞろと鷲明神の酉の市から吉原へと繰《く》り出す男女が流れ込んでいく。

この日ばかりは女も吉原に入れたがやはりその数は少なかった。

熊手を担いだ遊客はそのまま真っ直《す》ぐに総籬《そうまがき》、半籬《はんまがき》など大見世《おおみせ》や中見世が軒を並べる揚屋《あげや》町へと進んだ。さらに進めば吉原の背骨ともいえる仲之町《なかのまち》の辻《つじ》に出た。

遊客の大半は紅殻格子《ベンガラごうし》の張見世《はりみせ》を覗《のぞ》いて回るのだ。

一松は橋を渡ったところですぐに右手へと曲がった。

西河岸、あるいは浄念河岸《じようねん》と呼ばれる吉原のふきだまり、切見世《きりみせ》が暗く澱《よど》んだ闇の中に連なっていた。

一松は大概の客ならこの風景を見て、足を竦《すく》ませる河岸に懐かしさを覚えていた。一松を、

「おまえは浜松城下の寺の門前で拾った餓鬼だ」

と言い続けた伍平の死後、一松は浜松城下を訪ねた。

一松が子供の頃から首にかけられていた紫地の袋のお守りの中に、

「はままつやど　えんしゅうや　たき」

とあったからだ。

その結果、一松の実父は伍平、そして、母は飯盛旅籠《めしもりはたご》遠州屋の女郎だったたきと判明した。たきが身籠《みごも》ったと分かったとき、遠州屋の主は宿場外れの堕胎宿《おろし》にたきを閉じ込めた。その堕胎宿を襲ってたきを足抜けさせようとしたのが、伍平だった。

間引かれるはずだった命を救われた、それが一松だ。

男と女が一夜限りの情けを交わす切見世の闇に一松は安堵を覚えた。

「天狗《てんぐ》様、寄っていきな」

と一松の袖が引かれた。

吉原のふきだまりの両河岸では病持ちの女郎が多く、それにあたるというので、

「鉄砲河岸」

とも呼ばれた。

一松は伸びてきた手を振り払い、曲がりくねった板敷きの路地を奥へと進んだ。

どんづまりに明かりが見えた。

開運稲荷《いなり》の明かりだった。

もはや西河岸もおわりだ。

（どうしたものか）

と一瞬迷う一松の目に縋《すが》るように差し出された手が見えた。稲荷社の明かりが、間口四尺五寸（約一三六センチ）の切見世の、入口に差していた。

若い女郎が闇に両眼をさ迷わせていた。

「そなた、目が不自由か」

「あい」

女郎が囁《ささや》くような声で答えた。

「上がろう」

一松は巨軀を折って二尺（約六〇センチ）の入口に身を入れた。

三

間口四尺五寸（約一三六センチ）、畳が二枚縦に連なって、そこが切見世女郎の座敷であり、暮らしの場だった。おうめは狭い部屋に畳まれた夜具を敷き伸べようとして、手を止めた。

一ト切百文、客は慌《あわただ》しく女郎の体に縋《すが》って欲望を満たす、それが河岸の常識だ。一ト切が少しでも長くなれば何軒かの切見世を差配する抱え主が、

「お直しをしていただきな」

と客に時間の延長を強要した。

「お酒を飲まれますので」

「頼めるか」

「名はなんと申す」

「おうめです」

「おうめ、酒はないか」

切見世の裏手で人の気配がして、板衝立《ついたて》の陰からどてらを着た白髪《しらが》頭が顔を出した。

「客人、金が先だ」

一松は小粒を抱え主の前に投げ、

「生《き》の酒を持ってこねばそなたの首を引き抜く」

一松がじろりと睨んだ。まだ一松の巨体から血と死の臭いが漂っていた。それが海千山千の切見世の主をして身を竦めさせた。

「へえっ」

「甘いものがあれば持参せよ」

頷いた抱え主の顔が消えた。

切見世であろうと、吉原は金次第でなんでも手に入った。

遊女三千人を誇る廓《くるわ》内には、酒はもとより料理から甘いものまで売られていた。江戸八百八町の町屋の暮らしと同じように湯屋もあれば仕出し屋もあった。質屋も医師も、手習い師匠まで住み暮らす場所が官許の遊里だった。

おうめが煙草《たばこ》盆を一松のそばに運んできた。

行灯《あんどん》の薄明かりに浮かんだおうめの顔は整っていた。その顔が一松の体になにかを嗅《か》ぎとったように身を竦めた。

きた」

「どうなされました」

「鷲明神の野天博奕でちと勝った。賭場を出たところで胴元が用心棒と子分を差し向けて

「喧嘩をなさいましたか」

「三人ほど叩き伏せた」

おうめが不自由な目を一松に向けて、

「怖いお方とは思えませぬ」

と言った。

その時、人の気配が奥でして、おうめと呼ぶ声が聞こえ、大徳利《おおどつくり》と茶碗、それに栗餅が載った皿がすうっと差し出された。

上客と睨んで早々に動いたようだ。

栗餅は鷲明神で購《あがな》われたものだろう。

おうめが畳を器用に動いて届けられたものを一松のところへ運んできた。

大徳利と茶碗を受け取った一松が片手で酒を茶碗に注いだ。

おうめは部屋の隅に置かれた箱火鉢をずらして栗餅を五徳の上に器用に載せた。

「おうめ、そなたの目は生まれたときから見えなかったか」

「いえ、三つの頃に熱病を患《わずら》いましてそのとき以来見えなくなりました」

おうめと話していると女郎と話している気にはならなかった。口調が吉原言葉でもなく、まだ鉄漿溝の水に十分に浸《つ》かっていないせいか。あるいはおうめには世間に汚れない無垢《むく》な力が備わっているせいか、素人娘と話しているようだった。

一松は茶碗酒を口にした。下り酒ではなかった。水戸街道土浦《つちうら》辺りで醸造された酒か、悪くはない。

「なんぞ思い出す光景があるか」

粟餅を焼くおうめの手が止まり、

「大川端に咲く梅の花をおっ母さんと一緒に見上げていたことを覚えております。空も川も梅の香で満ちていました」

「そなた、江戸の生まれか」

頷いたおうめが、

「橋場《はしば》村の生まれです。お侍は」

「おれか。裏霞ヶ関の大名小路の中間部屋育ちよ」

「江戸の方でしたか」

おうめの声音がどことなく和んだものに変わった。

狭い部屋に粟餅の焼ける音がして、香ばしい匂いが漂った。

「酒を飲みながら餅を食べなさいますか」

「食え」

おうめが一松を見えぬ目で見た。

「粟餅は嫌いか」

おうめが顔を横に振った。

「私に食べよと申されますか」

「餅を食べながらおれの酒に付き合え」

「刻限は」

「案じるな。泊まることにした。迷惑か」

おうめがにっこりと笑い、顔を横に振った。どこでどう一松の話を聞いていたか、奥でまた人の気配がした。

「旦那、お泊まり代を願えますかえ」

「いくらだ」

一松が睨んだ。

「二分、いえ、旦那なら一分でいいや」

一ト切百文、一夜にそう何人も客がくるとも思えない河岸見世だ。二分など法外の値段だ。

一松の手が再び一分を投げ、

「これ以上聞き耳を立てておると鉄漿溝に叩き込むぞ」

「お泊まりなればもう顔出しは致しませぬ。今後ともご贔屓《ひいき》に」

抱え主が丼《どんぶり》を差し出して姿を消した。酒の肴《さかな》と考えたか、菜漬けが盛られていた。泊まり代一分の礼だろう。

一松は腰に差していた脇差を抜き、備前国長船兼光と赤樫の木刀のかたわらに置いた。

「粟餅、頂戴《ちょうだい》します」

おうめが嬉《うれ》しそうに粟餅を手にした。

「おれの母親は遠州浜松城下の飯盛女郎だったそうな。だが、おれが赤子のころに川で溺れ死んで顔も知らぬ。そなたはおっ母さんの顔を覚えているだけ幸せかもしれぬ」

「お侍さんの名はなんと申されます」

「大安寺一松弾正」

「お強そうな名です」

「おれが勝手につけたのよ。中間の子、一松が親に貰《もら》った名だ」

「侍になりたかったのですか」

「年がら年中印半纏《しるしばんてん》一枚きりの中間と両刀をたばさんだ武士では雲泥《うんでい》の差だ。中間の子は死ぬまで中間だ。おうめ、なぜ中間の子が侍になってはいかぬ」

「おうめには分かりませぬ」

「おうめ、そなたの器量なれば表見世の遊女になれたろう」

「目が見えなくては表見世には立てませぬ」

「なぜだ」

おうめが困った顔をした。

「中間が侍になってなぜ悪い。目の見えぬ花魁《おいらん》がいてなぜいかぬ」

「世間の決まりごとにございます」

「おうめ、だれがそのようなことを決めた」

おうめが顔を横に振った。

「侍の本分とはなんだ。表芸の武術よ、腕っ節だ。忠義だなんだはあとで取ってつけた屁《へ》理屈《りくつ》だ。おれは能書きをたれる奴を信用せん、侍の値打ちは強いか弱いかで決まるのだ」

一松は自らに言い聞かせるようにおうめに話した。

「それでお侍さんになられましたか」

「おおっ、侍になった。おれが決めた道だ」

おうめがにっこりと笑った。

「私もお侍さんのように自分の道を決めたかった」

「この暮らしが嫌か」

「どこで暮らそうと嫌なことはございます」

一松は菜漬けを肴に大徳利の酒を飲み干した。

「ちと休む」

一松はごろりと横になった。

「お侍さん、床入りは」

おうめが声をかけたとき、一松の高鼾《たかいびき》が切見世に響き渡った。おうめが空になった大徳利やら茶碗を片付け、夜具を一松の大きな体にかけた。

その一松の鼾が止んだのは七つ（午前四時）前の刻限だ。目を覚ました一松はかたわらに黙然と座したおうめを見た。

「そなたの寝床を奪ったか」

「そんなことは」

「水をくれぬか」

「あい」

板衝立の陰に這《は》いずっていったおうめが茶碗に水を汲《く》んできた。その水を一息に飲み干した一松は脇差を帯に差し、懐の手拭から二枚の小判を抜くとおうめの手に握らせた。

「お客人、これは」

切見世の女郎におく床花《とこばな》としては法外の額だった。

「また話に来る」

「切見世女郎を抱くのは嫌ですか」

「そなたを抱かぬともおれとおまえは気心が通じたわ、そうではないか」

「あい。吉原に売られてきて以来、おうめはこのような穏やかな夜を過ごしたことはありませぬ」

「それでよいのだ」

一松は狭い土間に立ち、長船兼光と木刀を抱えた。

「また来られますね」

「来る」

その一言を残して一松は西河岸の路地に出た。まだ闇が路地を支配していた。

どこからか夜番の打つ拍子木《ひょうしぎ》の音が響いてきた。

一松は開運稲荷の前で長船兼光を腰に戻し、木刀を肩に担いだ。その格好で水道尻に出た。

華やかにも花魁道中が繰り広げられる仲之町百八十間が大門まで抜けていた。

一松は犬の遠吠《とおぼ》えが聞こえる仲之町を悠然《ゆうぜん》と大門に向かった。

総籬の大見世や引手茶屋が軒を並べる仲之町は後朝《きぬぎぬ》の別れの刻限まで幾分の間を残して眠りに就《つ》いていた。それでもお店に戻る番頭か、急ぎ足で大門に向かう姿もあった。

大門脇の面番所も吉原会所もひっそりとしていた。

大門の外から肥取《こえと》りの荷駄《にだ》が入ってきて、朝帰りの客と行き違った。そのとき桶《おけ》から異臭が漂った。

一松も開け放たれた大門を潜《くぐ》り出た。

ひっそり閑《かん》とした外茶屋が軒を連ねる五十間道が曲がりくねって衣紋《えもん》坂へと繋がっていた。

山谷《さんや》堀からか薄い霧が這い流れてきた。

うーむ
と一松の胸に緊張が走った。

だれか待ち受けている者がいた。

一松は茶屋と茶屋の間の通りへと曲がった。待ち伏せの者たちが足音を消して動く気配が一松には感じられた。

茶屋を抜けると浅草田圃が広がり、うっすらと夜が明けてきた。

一松は田圃の畦を悠然と進んだ。

畦道と畦道の交差する辻に松が三本生えて、その幹元に道祖神《どうそじん》があった。

ばたばたと足音がして、一松は足を止めた。

畦道の辻は丸く膨《ふく》らみ、そこから四方に畦道が延びていた。

荒縄を襷《たすき》にかけ、腰には長脇差、手には竹槍《たけやり》を持った一団だ。用心棒の剣客四人も伴っていた。

「三ノ輪《みのわ》の鴈八《がんぱち》一家の代貸《だいがし》藤次郎《とうじろう》だ」

一松は黙って名乗りを上げた代貸の面を見た。

薄明かりに、露天の賭場を仕切っていた中年の男と分かった。

「おめえは大安寺一松と名乗ったそうだな」

「なんぞ用か」

「南部先生と立嶋の旦那、それに達三の弔《とむらい》合戦だ」

「これ以上、棺桶屋を儲《もう》けさせることもあるまい」

一松の呟《つぶや》きにも似た言葉に藤次郎が、

「野郎ども、槍襖《やりぶすま》をつくってこの化け物を逃すんじゃねえ」

と命じ、

「新免《しんめん》先生、おまえさん方の出番だぜ」

と四人の武芸者に声をかけた。

「畏《かしこ》まった」

と頭分が応じ、羽織を脱ぎ捨てると刀の下げ緒で襷にかけた。仲間の三人も真似《まね》た。

「民吉《たみきち》」

新免某が連れていた中間に声をかけた。すると民吉と呼ばれた中間が貧乏徳利を差し出した。口で栓を抜いた新免が一口二口と飲み、三口目を刀の柄に吹き掛けた。

数多《あまた》の修羅場を潜り抜けたことを物語る手慣れた動作だった。新免の手から徳利が順に仲間に渡った。

その間、一松は肩に愛用の木刀を担いだまま動くことはなかった。

竹槍の槍襖が一松を半円に囲み、さらにその輪の外に代貸の藤次郎と四人の剣客と中間がいた。

一松がゆっくりと後ずさりした。

竹の槍襖がその間合いに合わせるように進んできた。だが、後方の剣客らはまだ動かなかった。

徳利の酒がまだ回っていたからだ。

一松の足が辻を離れて畦道に止まった。

一松と新免某らとの距離は十間(約一八メートル)余に離れていた。

その間に三ノ輪の鳫八一家の子分たちが重なり合うようにいた。畦道は狭く、もはや半円に広がることはできなかった。

一松が木刀を肩から外して立てた。

うおおおっ

と野獣の咆哮《ほうこう》のような気合いが浅草田圃に響き、竹の槍襖の子分たちが思わず後退した。

その瞬間、一松が突進した。

慌てた子分たちは畦道の両側の田圃に飛び降りた。

一松は算を乱して逃げた子分には目もくれず、一気に新免らとの間合いを詰めた。

勝負の時は未だしと考えていた新免ら四人の剣客たちは、慌てる風もなく体勢を整えた。

新免某を中心に右に二人、左に一人と鶴翼《かくよく》を組んだ。

一松の走りの速度が上がり、

ちぇーすと！

の気合いが響き渡った。

跳躍。

一松の巨体は虚空に高々と舞い上がり、突き上げられた木刀の峰《みね》が一松の背筋を叩いた。

うおおおっ

新免半兵衛《はんべえ》は剣聖宮本武蔵《みやもとむさし》の二天一流《にてんいち》の流れを汲む武芸者、出は肥後《ひご》国だ。それだけに隣国の雄藩薩摩の御家流示現流は承知していた。

一松の巨体を見たとき、飛躍はできまい、精々六尺を超えた長身を利しての打ち込みだと推測していた。

巨体が虚空に浮かび、それが懸河《けんが》の勢いで自分に迫ってきたとき、木刀の間合いを外さんと腰を沈めつつ、剣を振り上げていた。

一松は新免の体勢など委細構わず木刀を新免の眉間へと振り下ろした。

新免の剣が木刀を受けた。

圧倒的な勢いに新免の剣がへし折られ、眉間に木刀が叩き付けられた。

血飛沫《しぶき》が浅草田圃に飛び散り、崩れ落ちようとする新免の体の前に片膝《かたひざ》を突いて降り立った一松は、さらに右手に飛んで二人の剣客の胴を一撃で抜き、胸骨が砕ける音が不気味に響いた。

二人の体が田圃へと吹き飛ばされた。

凄まじい腕力だ。

一松の動きは止《とど》まるところを知らず、一瞬の間に残る一人の額を叩き割っていた。

鴈八の代貸藤次郎は呆然と戦いの推移を見守り、恐怖のあまり身を竦ませていた。

一松の木刀の先がぐるりと回って藤次郎に突き出された。

「鴈八に伝えよ、この始末をつけに三ノ輪に参上するとな。やくざなれば手打ちの作法心得ていよう」

藤次郎ががくがくと頷いた。

一松はくるりと身を翻《ひるがえ》すと浅草寺《せんそうじ》への畦道を歩いていった。

藤次郎の口からようやく声が洩れた。

「化け物だぜ、正真正銘の化け物だ」

四

一松は浅草寺門前をうろつき、東仲町《ひがしなか》に湯屋を見つけた。

二階に大小と木刀を預け、小女に手拭を借りた。上がり湯を被《かぶ》り、ざくろ口を潜った。

行灯がほのかな明かりを湯船に投げていた。朝湯の客はご町内の常連と知れ、白髪頭が浮かんでいた。中には一松と同じように吉原帰りらしい男もいたが、店が始まる前に帰りたいのだろう、そそくさと湯船を上がった。

湯船から白髪頭二つが一松の巨軀を見上げ、なにか口にしようとしたが言葉を飲み込んだ。

一松は湯が零《こぼ》れぬように湯船にゆっくりと体を沈めた。それでも湯がざっと音を立てて流れ出した。一松は胸から上を出して湯に浸かった。

「水戸の老公が密《ひそ》かに江戸に出てこられたというじゃねえか。おれの仲間が水戸屋敷の庭仕事に出入りしていてよ、屋敷で聞きこんだのよ」

白髪頭が伝法《でんぽう》な口調でもう一人の年寄りに言った。話しかけたほうは職人の棟梁《とうりよう》か、相手は長屋を差配する大家か、お店《たな》の主を辞した隠居だろう。

「水戸外れの西山荘《せいざんそう》とかいう隠居所に引き込まれたと聞きましたがねえ」

「それよ、それがさ、密かに江戸におられるとよ」

「親方、大きな声じゃいえませんがねえ、当代の公方様とうまくいってないという話だからねえ」

水戸光圀と五代将軍綱吉《つなよし》の不仲はだれもが承知の話だ。

遠因はこうだ。

先の四代将軍家綱《いえつな》が若くして亡くなったとき、直系の子がいなかった。

当時の大老、下馬《げば》将軍と異名をとった酒井忠清《さかいただきよ》は御側仕えの女が家綱の子を宿していると称して、その間の間に合わせに京から宮様を連れてきて五代将軍に据えようと画策した。

この考えに天下の副将軍光圀が猛反対した。

「家綱様には子はなけれど実弟がおられるではないか」

と綱吉の擁立《ようりつ》を図り、綱吉が五代将軍の地位に就いた。

徳川幕府が始まり、三代家光《いえみつ》の御世を経て、ようやく幕府の世襲制が決まっていた。

『徳川禁令考』の中に「公武法制応勅十八箇条」が登場して、

「尾張大納言義直《よしなお》。紀伊大納言頼宣《よりのぶ》両人将軍ト三家ニ可相定。是将軍万一傍若無人ノ振舞

致。国中之民可及愁時ハ、右両家ヨリ相代リ可申」

とあり、将軍が悪政をしいたとき、その代役を尾張と紀伊が務めることができると規定した。

一方、

「水戸宰相頼房《よりふさ》。副将軍可賜免許許候。将軍国政邪成時ハ。老中諸役人令評定。水戸家ヨリ差国ヲ以テ。尾州紀州両家ヲ見立。将軍相続可奏聞候」

とあった。

元和《げんな》元年（一六一五）八月に家康《いえやす》が定めたとされる「公武法制応勅十八箇条」には尾張、紀伊より代わりの将軍を立てる場合、その選任をなすのが水戸と規定していた。水戸家には将軍を出す権利はなかった。だが、将軍を選任する権利を有していた。これが、

「天下の副将軍」

と称された所以《ゆえん》だ。

大老酒井忠清の横暴を諫《いさ》め、綱吉を五代将軍に就けたのは水戸光圀の当然の処置であった。つまり将軍綱吉の生みの親は水戸光圀といえた。

後年、綱吉と光圀が離反するのは皮肉にも綱吉の相続問題を巡ってだ。

綱吉もまた直系がなかった。そこで娘婿を六代に推そうとした。この考えを御側御用人

の柳沢保明《やなぎさわやすあきら》が支持した。

光圀は綱吉の亡兄綱重《つなしげ》の遺児家宣《いえのぶ》を推挙した。

生来五代将軍には綱重がなるべきところ死去し、その弟の綱吉が就いた。六代にはその子の綱豊《つなとよ》（家宣）に戻すべきと主張した。

この結果、正流の家系を保つという光圀の考えがとおり、家宣が六代将軍候補として西の丸に入ったのは宝永《ほうえい》元年（一七〇四）のことだ。

この時点では六代を巡り、綱吉と光圀の間に暗闘が続いていた。

綱吉の胸の中には、

「光圀、なんとも煙たき存在」

という考えが生じた。

光圀と綱吉の不仲が決定的になったのは、貞享《じょうきょう》四年（一六八七）「生類憐みの令」の発布だ。

あらゆる生類に対して過剰に憐れみを見せた布告に光圀は嫌悪の情を見せ、密かに抵抗の行動を起こさせた。

「……下官事、忍び忍びに在郷へ参り、鳥を狙ひ申し候。公儀へしれ申候はば、鳥盗人の張本人籠者の第一と笑数存候」

光圀が肥前小城《おぎ》藩鍋島元武《なべしまもとたけ》に書き送った手紙だ。

水戸にて鳥を捕まえたゆえ、牢に入るべきであろうと嘲笑《あざわら》っていた。天下の悪法に呆れ果てた様子が窺《うかが》える。

また御三家列座の場で光圀は老中に向かい、

「これは人を憐れむのあまりのことと思われる。生類も罪があれば許せない。わが屋敷に悪戯《いたずら》犬が入り、悪さをしたので、家来に命じて殺させた」

と言い放ってもいた。

光圀が天下のご意見番の役を辞して水戸外れの西山荘に隠居したのは、自らが推挙した綱吉の哀れむべき政事《まつりごと》に対してだ。

その光圀が密かに江戸に出てきて、湯屋の噂《うわさ》になっていた。

むろん一松は光圀の江戸出府を手助けしたので、当然承知していた。だが、町の噂になる以上、光圀の身辺に騒ぎが起こりそうな気がした。

「柳沢様が水戸の老公をなんとかしようと手薬煉《てぐすね》引いているという話だぜ。老公と公方様の寵臣《ちょうしん》、いい勝負だねえ」

と湯の中での無責任な会話を聞きながら、一松はさっぱりした気持ちで湯屋を出た。

裏町に朝から店を開けている煮売り酒場を見つけた。

馬喰《ばくろう》、船頭《せんどう》、駕籠《かご》かきなど朝早くから力仕事をする男たちが酒を飲み、丼飯を掻《か》きこんで慌しく出ていくような店だった。

名物はなんとも知れぬ獣の肉と豆腐を味噌《みそ》仕立てで煮込んだ代物《しろもの》で、一松も濁り酒に煮込みを頼んで、喉《のど》の渇《かわ》きと空腹を満たした。

この日、一松が水戸藩蔵屋敷に戻ったのは昼前のことだ。するとお長屋に待ち人があった。

光圀の家来、安積覚兵衛だ。

「気晴らしに江戸の町を歩かれましたか」

「どこも大名家の屋敷は息が詰まる」

覚兵衛が笑った。

「なんぞ御用か」

「今宵、老公、他出をなされます。一松どの、影警護《かげとも》をそれがしと一緒に務めてくれませぬか」

「屋敷を何刻に出られるや」

「船にて六つ半（午後七時）の刻限に」

「承知した」

覚兵衛は一松に落ち合う場所と方法を丁寧《ていねい》に説明し、何度も念を押して姿を消した。その様子からただならぬことと窺えた。

一松はお長屋に夜具を敷き、ごろりと横になった。二刻（四時間）余り熟睡した一松は爽快《そうかい》な気分で起き上がった。

脇差だけを挟み、お長屋から台所に向かった。

すでに一松の巨軀は台所の女衆にも知れ渡っていた。最初こそ得体の知れぬ巨漢に恐れを感じた風でだれも言葉をかけなかったが、飯炊《めした》き女のおとくが、

「よう見れば愛らしい顔ではねえか」

と言い出し、

「なんでも老公のご家来安積様の知り合いじゃそうな。なればそう悪い奴でもあるめえ」

ということで一松の存在は台所でも認められることになった。

夕餉《ゆうげ》の仕度の最中だった。

「一松様よ、夕餉にはちと早いがのう」

とおとくが言い、

「冷や飯に夕べの残りの菜でよければ直《す》ぐに膳《ぜん》を出すがのう」

「それでよい」

菜はちぎり蒟蒻《こんにゃく》の煮しめ、ふな味噌、塩辛こうこで、温め直した味噌汁は油揚げが具だった。

一松は丼飯を三杯食べて満腹した。

「これからお出かけか」

おとくの問いに曖昧《あいまい》に頷いた一松は台所を出た。

その様子を若い女衆の一人が見送り、間を置いて、台所を出た。

柳沢保明が水戸家の家老の藤井紋太夫《ふじいもんだゆう》の手引きで水戸各屋敷に潜入させていた女密偵の一人、お松《まつ》だ。

一松は女密偵の尾行を知らぬげにお長屋に戻った。そして、行灯の明かりを部屋に点《とも》し、在室の態《てい》を装った。四半刻も過ぎた頃、一松は行灯の明かりはそのままに、お長屋の畳を持ち上げ、床へと潜り込んだ。

御三家水戸藩上屋敷は神田《かんだ》川の北側、十万余坪と広大な敷地を有していた。元々この地、初代藩主の徳川頼房が寛永《かんえい》六年（一六二九）、幕府より貰い受けて別邸としたものだ。その跡を継いだ二代光圀が儒教思想に基づき、屋敷を配し、回遊式の林泉《りんせん》庭園の大名庭、後楽園《こうらくえん》を造り上げた。

後楽園の名をつけ、作事造園を指揮したのは明《みん》の遺臣朱舜水《しゅしゅんすい》であった。

園内には玉川《たまがわ》上水から分流した川が西から東に貫き、大泉水を中心とした、いくつもの池に回遊させていた。

五つ半（午後九時）の頃合、水戸家上屋敷から神田川へと流れ出る堀の、いつもは閉ざされた門堰《もんぜき》が開き、大きな屋形船が姿を見せた。

数人の船頭が漕ぐ屋形船は、水道橋のかたわらに出ると神田川をゆっくりと大川へ向かって進んでいった。

屋形船の主は谷主馬《たにしゅめ》と名乗る水戸光圀だ。

浅草橋、柳橋を潜った船は大川に出て、下平右衛門《しもへいえもん》町河岸で待機していた何隻かの屋形船から何人かの客を迎えて乗せた。

再び水戸藩の屋形船は上流へとゆったり漕ぎ上がっていった。

その屋形船には早船二隻が密かに随伴していた。

一隻目に従うのは鈴鹿《すずか》流薙刀《なぎなた》の遣い手立原五右衛門《たちはらごえもん》と若武者狩谷信吾《かりやしんご》ら五名の者だ。すべてが水戸老公の忠臣であった。

もう一隻には二人しか人影はなかった。

船頭は安積覚兵衛、もう一つの大きな影は一松だ。

一松は早船の中央にどっかと座って、屋形船の明かりが強さを増したのを見た。

「一松どの、客がだれかお分かりか」

と安積覚兵衛が訊《き》いた。

安積は光圀が晩年情熱を捧げて編纂《へんさん》する『大日本史』の総裁を務める学者でもあった。

「屋形船から乗り移られる様子から見て、身分高き方々とは思うが」

「五人の石高を合算致すと百万石近くにはなりましょうかな」

安積は大名五家の藩主が水戸光圀の屋形船に乗船していることを遠回しに告げた。

「江戸在府の折、老公は親しき大名数家のご当主方と一緒に千趣会《せんしゆかい》と名付けられた集まりを主宰なされておりました。四季折々に酒を酌《く》み交わし、和歌を詠《よ》むという風流な集まりにございます。ところが上様御側御用人柳沢保明様は千趣会を綱吉様のご政道を批判する集まりと決め付け、綱吉様に申し上げたのです。そのせいで風流な集まりもそうそう開けなくなりました。老公が水戸城下外れの西山荘に隠居なされたのも元はといえば柳沢様の入れ知恵が発端にございます。此度、老公が密かに江戸入りなされたのを機に千趣会の遊び仲間が老公をお慰めせんと、一夕、このように集まられました」

安積は一松に説明を加えた。

「安積どの、柳沢の手勢が屋形船を襲うと思われるか」

「そのようなことが起こってはなりませぬ」

安積覚兵衛が険しい声で言った。

「だが、それがしを呼んだにはそれなりの理由《わけ》があろう」

「老公とお仲間にはなんの下心もございません。ですが、綱吉様の寵愛を一身に受け、幕閣にまで上り詰めた柳沢保明様は、猜疑《さいぎ》心の強いお方です。千趣会の目的を未だ疑っておられる節《ふし》がございます」

「違うのか」

一松はずけずけと訊いた。安積が持ち出してきた話だ、先方には一松に知っておいて貰いたいという含みがあってのことだ、と思ったからだ。

「あくまでお酒を酌み交わし、懐旧談やら清談をなさるお集まりにございます」

「そう聞いておこうか」

「今宵の集まりもおそらく柳沢様の監視の目から逃れられたとは思われませぬ」

「とは申せ、綱吉様擁立に功績のあった老公を襲うとも考えられぬが」

安積はしばし沈黙し、ゆっくりと櫓を操っていた。

「過日、水戸街道小金原に老公の行列を襲った連中が新たな企てを考えておるやもしれませぬ」

「現われるなれば、それはそのときのことよ」

「老公が大安寺一松どのをお呼びになった理由です」

と安積が苦笑いした。

川面を伝って笑い声が響いてきた。

一松は屋形船を見た。

「一松どの、酒なれば、ほれ、その筵の下にございますぞ。寒さ凌《しの》ぎにお飲みなされ」

一松が筵をめくると大徳利と茶碗が出てきた。竹皮包みもあるところを見ると握り飯か。

「そなたは」

「御用でござれば」

安積覚兵衛が断わった。

一松は栓を抜くと酒を注いだ。

茶碗酒を安積の櫓の音に合わせるようにゆっくりと口に含んだ。さすがに御三家水戸の台所が用意したものだ、上酒だった。

一松の五体に陶然《とうぜん》とした酔いがやってきた。

（光圀の敵は柳沢保明だけではなかったな）

と安積の同僚佐々木介三郎《さききすけさぶろう》から受けた話を思い出していた。

光圀の跡を継いで三代水戸藩主に就いた綱条《つなえだ》は光圀の兄、高松讃岐《さぬき》藩主頼重《よりしげ》の次男であった。

先代が偉大であればあるほど後継が悩むのはどこの世界でも同じだ。

綱条は光圀の偉業をまず一新して自分なりの水戸藩政を再確立したいと考えていた。当然、水戸藩の家臣の大半は光圀の信奉者であった。

綱条の家老藤井紋太夫は強引にも綱条の藩政を確立せんと力で光圀派と目される家臣の排斥を計った。

安積や佐々木の学問仲間で『大日本史』の編纂に携わっていた望月保秀《もちづきやすひで》を暗殺したのも藤井一派であった。

今度の水戸光圀の突然の上府は藤井紋太夫一派のことを気にしてのことでもあった。藤井は光圀と敵対する柳沢保明と手を結び、光圀の偉業を打ち消さんと策動していると一松は聞いていた。

柳沢保明が密かに光圀の名を地に落としめんと策動する理由が他にもあると佐々木介三郎は告げていた。

佐々木は一松に『大日本史』の概略をこう説明していた。

「まずは神武《じんむ》天皇から後小松《ごこまつ》天皇の御世までを記述していく『大日本史』がどうしても尊王思想に流れていくのは仕方がないことでござる。だが、徳川幕府が国家の中心、唯一無二と考えられる柳沢保明様にとって、『大日本史』は、朝廷を崇めるもの、それがご老公の説かれる水戸学と偏狭にも考えておられる様子なのです」

光圀は五代将軍綱吉の側近、柳沢保明にとっても目の上の瘤《こぶ》、水戸家の当代藩主綱条と藤井紋太夫にとっても煙たき存在、その二つが密かに手を握った結果、光圀の周りに刺客が送り込まれていた。

再び川面を笑い声が響いてきた。

「久しぶりに老公の朗らかな笑い声を聞きました。あのお仲間なればなんの気兼ねもいりませぬでな」

安積が呟いた。

屋形船は浅草寺のかたわらを過ぎて、さらに大川を遡上《そじょう》していた。

夜の闇にぼんやりと浮かぶ屋形船はただ今の光圀の立場を表わしているようで、虚無的な孤独感を漂わせていた。

一松は周囲に目を配りながらゆっくりと茶碗酒を飲み続けた。

第二章　お忍び老公

一

大川左岸小梅村の水戸藩蔵屋敷には大川の流れが敷地二万三千余坪の奥深くまで引き込まれていた。南西の川端から東北へと巨大な瓢簞《ひょうたん》のかたちに広がる池の一角の奥に鬱蒼《うっそう》と生えた巨木に囲まれた空き地があって、昼なお薄暗く狐狸《こり》鳥獣《ちょうじゅう》の棲処《すみか》と変じていた。

むろん屋敷の奉公人など立ち入ることはなかった。

刻限は未明の闇だ。

辺りにはさらに深い暗黒が支配していた。

赤樫の木刀四尺五寸を抱え、手に水の入った桶を提《さ》げた一松が闇を分けて姿を見せ、腰の一剣、長船兼光を抜き、巨木の幹に立てかけた。桶もそのかたわらに置かれた。

師の愛甲喜平太が遺《のこ》した無銘の脇差だけが腰に残された。

袷《あわせ》の裾を後ろ帯に挟みこみ、草履《ぞうり》を脱ぎ捨てた。

一松は闇に目を慣らした。箱根の山中で示現流を叩き込まれた歳月、野生の鳥獣のように闇にも濃淡があることを五感で知覚させられていた。

木刀を片手に獣道だけが残る空き地を闇の中で見て回った。

鬱蒼とした葉陰に光が当たらぬ木が何本も立ち枯れ残っていた。その中には幹の径が一尺（約三〇センチ）ほどのものもあった。

朝の光が僅《わず》かに葉叢《はむら》を通して忍び寄り、水戸藩蔵屋敷の忘れられた場をうっすらと浮かび上がらせた。

微光が差す中、およその地形を改めて飲み込んだ一松は、木刀を振るい始めた。だが、それは道場での素振りとはまるで違っていた。

奇声を発し、空き地の間を走り回りつつ、際限のない素振りが繰り返された。半刻、一刻、一刻半とその地に棲む狐狸鳥獣を驚かしつつ、汗みどろで続けられた。

夜は完全に明けていた。

二刻（四時間）後、一松の動きが止まった。だが、それは稽古《けいこ》の終わりではなかった。始まりだった。

まず桶を抱えて弾む息の中、水を半分ほど飲んだ。

呼吸を短い間に整えた一松がすでに踏み固められた空き地の真ん中に立った。

四周に巨木が、枯れ木が、一松の新たな稽古を凝視《ぎょうし》していた。

けえええっ!

怪鳥《けちょう》の鳴き声にも似た絶叫が響き、愛甲喜平太手造りの木刀を立てた一松が走り出した。

その前方に椎《しい》の木が立ち枯れてあった。だが、東側に伸びた枝はまだ椎の木が生きていることを示し、乾ききってはいなかった。

ちぇーすと!

一松の口から奇妙な気合いが迸《ほとばし》り、身の丈六尺三寸余の長軀が跳躍した。高々と虚空に舞った一松が木刀で立ち枯れの椎の枝を叩いた。腕ほどもある枝が砕けるように折れ散った。だが、次の瞬間には着地して次なる目標に向かって走り、今度は主幹を、胴を抜くように横手から殴りつけていた。

直径八寸(約二四センチ)はあろうという枯れ木が砕け倒れた。

走り、飛び、叩き、殴る。

どの動作にも力を抜くことはなくひたすら全力で跳ね回り、殴りつけた。

一松は木枯らしか旋風のように狂い、走った。

一松が木刀を振るった後には立ち木が倒れ、枝が飛び、空き地に積み重なった。枯れた木がなくなり、今度は生木がその餌食《えじき》になった。

木漏れ日の下、一松が通り過ぎた後には死屍累々《ししるいるい》といった趣《おもむき》で、枯れ木や生木が折り重なっていた。ものいわぬ木々だけに凄惨《せいさん》な感じがした。

およそ一刻半も過ぎたか、何百年も生きてきた巨木以外、空き地に立つ木はなくなった。

一松は動きを止め、

「秘剣乱舞」

と囁《ささや》くと残った桶の水を飲んだ。

叩き折った木に腰を下ろして考えた。

(今宵は呼び出しがあるか)

一松はそのことをふと思った。

水戸光圀の夜の船遊びは未だ続いていた。だが、千趣会の遊び仲間、肥前小城藩の鍋島元武らは最初の夜以来、呼ばれることはなかった。

光圀は独り大川に屋形船を浮かべ、夜明け前に神田川端の水戸家上屋敷に戻るということを何度か繰り返していた。

その度に一松は影警護を務めてきた。

今、なぜ光圀が夜の船行を続けるか、一松はおよそ推測がついていた。

光圀は真なる敵がだれか、探っているのだ。

それが五代将軍綱吉の寵臣柳沢保明であれ、水戸藩主徳川綱条の家老藤井紋太夫であれ、自らの前に敵を誘《おび》き出そうとしていた。

一松はその光圀にただ付き合うだけだ。

空き地に近付く人の気配があった。振り向くと安積覚兵衛が、叩き折られ倒された木々の山を呆然と見詰めていた。

「これはなんとも……」

安積が絶句し、一松は立ち上がった。

ちといつもより刻限が早いが、訊かずとも用事は知れていた。

今宵の光圀の夜の徘徊《はいかい》に警護の呼び出しであろう。

長船兼光を腰に戻し、空の桶を提げた。

「今宵も船遊びにお出かけか」

安積が顔を横に振った。

なにっ、という表情で安積を見詰めた。

「一松どの、行けば分かります」

一松の推量は違ったか、それ以上問うこともなく独り稽古の場を去った。

寒さが増していた。

蔵屋敷を出た一松は安積と肩を並べて歩きながら熊手を担ぐ職人と行き違った。

(そうか、今日は二の酉であったか)

と気づかされた。


この夕暮れ、いつもより一刻余り早く水戸家上屋敷から出た屋形船は神田川から大川へと出ると上流へと漕《こ》ぎ上がっていった。

この日の影警護は安積が船頭の猪牙舟一丁だ。むろん乗るのは一松ひとりだ。

水戸光圀はさらに警護の人間を少なくしてあざとく誘っていた。それが吉と出るか凶と出るか。

船が止まったのは竹屋ノ渡しの下流、浅草寺領六軒町の河岸だった。

安積の猪牙舟もそこへ着けられた。

普段とは異なる趣向だった。

「なにをする気だ」

「老公は鷲明神の酉の祭礼を見物したいと申されましてな」

「わざわざ危険に身を晒《さら》すこともあるまいに」

それが一松の感想だった。

屋形船の障子戸が開かれ、佐々木介三郎がまず姿を見せた。しばらくして頭巾《ずきん》に緞子《どんす》の袖無し綿入れを羽織り、共地の裁着袴《たつつけばかま》に白足袋《たび》の老人が杖をついて屋形船の艫《とも》に姿を見せ、河岸への狭い板を身軽に渡ってきた。

六十五歳の光圀は酉の祭を徒歩で見物に行こうとしていた。その手には五尺（約一五二センチ）余の竹杖、その杖身に、

「流水寒山路深雲古寺鐘」

と刻まれていた。

安積覚兵衛も猪牙舟から河岸に上がり、一松が従った。

なんと水戸老公は一松を含めて三人の従者だけで鷲明神の祭礼を見物に行こうとしていた。

「覚兵衛、参ろうか」

光圀が安積に声をかけ、安積が応じた。

「今さらお止めしても無駄にございましょうな」

「そなたも長年の従者、年寄りの気儘《きまま》は重々承知であろう」

「なれど……」

と不安の表情の安積から視線を一松に転じた光圀が、

「侍になった気分はどうか」

と問うた。

「中間よりもいと容易《たやす》き商いだ」

「侍は稼業か」

「公方様から物貰いまですべては食うための方便、商いでな。徳川様とて戦のあった時代に成り上がった有象無象《うぞうむぞう》の一人だろう。ただ今では三百諸侯を束《たば》ねる征夷大将軍《せいいたいしょうぐん》と威張ってみても元を正せば戦場の夜露に濡れて走り回った足軽雑兵《あしがるぞうひょう》と変わりない。ただ運が徳川様に味方し申しただけのこと」

「そなたにそう喝破《かっぱ》されては四海を治める将軍家もかたなしじゃのう」

と光圀がからからと笑った。

「一松、酉の祭を見物致す。供をせえ」

「畏《かしこ》まってござる」

光圀は勝手知った町であるかのように御蔵前《おくらまえ》通りに向かってすたすたと歩いていく。その傍らを佐々木介三郎が従った。さらに遅れて安積覚兵衛と一松が追った。

一松は天下の副将軍として犬公方の綱吉にただ一人諫言《かんげん》を吐くことのできる老人を改めて見直した。

御三家の水戸藩二代藩主は、殺伐《さつばつ》たる戦国の気風を止《とど》める寛永五年（一六二八）、初代藩主頼房の第三子として、水戸柵町《さくまち》の家臣三木之次《みきゆきつぐ》の家で生まれた。

頼房は光圀の出生をよしとせず、

「水になし申様に」

と間引くことを命じた。だが、不憫《ふびん》に思った三木家では長丸《ちょうまる》と命名して密かに屋敷で育て慈《いつく》しんだ。

水戸家の家臣の子として育てられた長丸は野山を駆け回り、千波《せんば》湖で泳ぐという幼年期を過ごした。光圀の特異な精神性は、

「御家中賤《いや》しき者の子供とまじりて」

育てられたこの時代に培われたといってよい。

すでに物心ついた五歳の長丸を父の頼房がようやく認知して水戸城へと迎え入れた。六歳で幼名長丸は千代松《ちよまつ》と改められ、水戸家の世子となった。さらに九歳、江戸城に上が

り、三代将軍家光より一字をもらい、光国と名乗るようになった。ちなみに光国と家光は従兄弟《いとこ》同士であった。

光国が頼房の跡を継いで水戸家二代藩主に就いたのは寛文《かんぶん》元年（一六六一）、三十四歳の折のことだ。光圀と改めたのはずっと後年、五十歳を過ぎてのことであった。

若き日の光圀が江戸の町を徘徊したことを示して、老公は確かな足取りですたすたと御蔵前通りから今戸橋へと向かい、その手前で日本堤《にほんづつみ》、俗に言う土手八丁《どてはっちょう》へと曲がった。

吉原へ向かう遊客と鷲明神へ参詣する人混みで土手八丁は急に混み合った。

駕籠《かご》を乗りつけるお店の番頭がいて、向こうからは大熊手を得意げに担いだ鳶の連中がやってきた。

「だれでえ、祭礼の夕刻によ、駕籠で乗りつけようとは野暮の骨頂だぜ」

「おまえ様のほうこそ、安く値切った熊手を振り回すものではありませんよ」

「言いやがったな、この金様《きん》がいくら大枚を叩《はた》いたか、ご存じかえ」

「しみったれて一朱を何枚か放り出されたか」

「こちとらは鳶の者よ、小判だぜ。それも目減りした元禄《げんろく》小判じゃねえぜ、慶長《けいちょう》小判だぜ」

「金色の紙張り慶長小判とは奢《おご》りましたねえ」

行き合う者同士が掛け合い、言葉を投げ合って他愛なくも遊んでいた。

光圀はそんな雑踏の中を平然と歩を進めた。

一松と安積は間合いをつめて、光圀の直ぐ背に回っていた。

光圀と佐々木の背丈より一松は一尺（約三〇センチ）近くも高く、人の頭の波の上に一松の顔が浮かんでいた。

その様子を偶然にも三ノ輪の雁八の子分、椋鳥《むくどり》の小三次《こさんじ》が見た。

「化け物め、戻ってきやがったぜ」

小三次は人混みの後から一松を尾行し始めた。

雁八一家は一松が賭場で稼いだ二十数両を取り戻さんと用心棒二人と子分を差し向け、反対に三人を失うという痛手を負っていた。

さらに吉原からの朝帰りの一松を、態勢を立て直した一家が待ち伏せして、浅草田圃で襲った。だが、その結果、雇い剣客新免半兵衛ら四人を一瞬の間に叩き潰され、再び敗北
三ノ輪で一家を構える雁八にはなんとも腹の立つ一件だった。渡世の意地からも一矢《いっし》を報いねば面子《めんつ》に障り、これからの稼ぎに関わってきた。

江戸じゅう大男の剣術家の行方を追っていたが、その相手が大胆不敵にも浅草に戻って

きたのだ。

小三次は懐の匕首の柄を片手に握り締め、

（野郎、どこに行きやがるのか）

と尾行した。

日本堤から見返り柳の辻を五十間道へと曲がった一松を見た小三次は、

（まさかまたうちの賭場じゃああるめえな）

と首を傾げた。

確かに代貸の藤次郎兄いに近いうちに挨拶《あいさつ》によると言い放ったという。まさか野郎は本気じゃあねえだろうなと訝《いぶか》しんだ。

光圀はまるで吉原を熟知しているかのように衣紋坂を下り、五十間道の人混みの中で立ち止まって廓内の賑わいを見た。

そのせいで人混みが一松の背で止まった。

「進んでくんな、大門前に立ち止まる馬鹿はどこのだれだえ」

の声が飛んで光圀が、

「おお、相すまぬ。田舎爺だ、物知らぬゆえ許してくれ」

と応じると、すいっと大門前、鉄漿溝に沿って右手に曲がった。すると人の波が半分ほ

ど に減った。

鷲明神に奉納する鶏を抱えたり、提《さ》げたりした百姓衆の姿が目立つようになった。

「そなたは酉の祭に参ったことがあるか」

光圀が振り返りざまに一松に訊いた。その顔は嬉々《きき》として輝いていた。祭礼と吉原通いの群衆に囲まれて、光圀は上気したようだ。

「初の酉に参った」

「なにっ、一の酉詣でをしたというか」

「博奕で稼ぎ、帰りに吉原の切見世に立ち寄った」

「そいつは極楽浄土を経験したな、となると今宵は悪しき番かのう」

光圀は嬉しそうに笑った。騒ぎを期待しているような表情だ。

「老公は江戸の町をようご存じだな」

「そなた、いくつに相なる」

「三十一だ」

「そなたの年の頃合、屋敷を抜け出しては悪所にも通った、賭場にも出入りした」

思い掛けないことを光圀が言葉にした。安積も佐々木も初めて聞く話で、びっくりした様子だ。

「覚兵衛、介三郎、そなたらよりは悪所はよう承知じゃ。もっとも余の知る吉原は元吉原でな、明暦の大火以前の堺町《さかい》であったわ」

「驚きました、老公にそのようなご経験があろうとは」

「政事、学問とばかり思うたか。家光様の御世までくらいかのう、大名家の暮らしもまだかように窮屈なことはなかったわ」

一行は鷲明神の鳥居前に到着した。

小三次はぐるりと境内を横手に回ると一家の賭場へと走った。すでに一松が年寄りの供で鷲明神の二の酉に戻ってきたことを察していた。

「親分、代貸」

と筵掛けの賭場に飛び込んで小三次が、

「野郎が戻ってきましたぜ」

と報告した。

「なにっ、化け物が仲間と戻ってきただと」

藤次郎が叫んだ。

「代貸、仲間ったって爺と腰の刀が重そうな侍二人だ。あいつらは目じゃねえぜ」

「藤次郎、予《かね》ての手筈《てはず》どおりに動け」

雁八が命じた。

「合点《がってん》だ」

藤次郎が数人の子分を従え、賭場を飛び出し、吉原へと向かって走った。

その刻限、鷲明神を参詣した光圀一行は、境内の露店を見物しつつ、鳥居の外に出た。

その門前に料理茶屋が商いをしていた。

「覚兵衛、どうだ。一献《いっこん》、酒《ささ》なと傾けて参ろうかのう」

光圀がさっさと暖簾《のれん》を潜り、

「許せ、暫時休息を致したい」

と声をかけた。

「お武家様、酉の祭だ。入れ込みだが、許してくんな」

「構わぬ」

一行四人は板の間の雑多な参詣客が詰め合わせ座る一角に座を占めた。

「名物はなにかな」

「お酉様ですよ。一の酉で奉納された鶏を供養のために絞めましてねえ、鶏鍋にございます」

「おいしそうな食べ物かな。貰おう、酒と一緒にな」

光圀はなんとも嬉しそうに破顔した。

二

土鍋《どなべ》に醬油《しょうゆ》仕立ての出汁《だし》を入れて鶏肉と油揚げ、豆腐、大根、牛蒡《ごぼう》などふんだんに野菜を煮込んだものが茶屋名物の鶏鍋であった。

酒を飲みながら、煮上がった鶏肉と野菜を小丼に取り分け、柚子《ゆず》と山椒《さんしょう》を散らして食べるだけの料理だが、大勢で囲むせいかことのほか味がよかった。

「これはなかなか美味かな、鶏肉がなんともよいわ、豆腐にも大根にも味がしっかり染みておる。それに柚子と山椒が利《き》いてなんともたまらぬ。これは水戸でもできるぞ」

光圀も満足そうだ。光圀は江戸水戸藩上屋敷の造園を指揮させた、明からの渡来人朱《しゅ》舜水《しゅんすい》が作る珍しい料理を賞味するほどの食通であり、知らぬ食べ物に挑む貪欲《どんよく》さを持っていた。それだけに初めて口にする食べ物にもこだわりがない。

「そなたらも食してみよ」

箸《はし》をつける許しを得た供の安積と佐々木は、

「ご老公と一緒の鍋から食べるとは恐れ多うございますよ」

と遠慮していた。光圀が、

「ならばそこで見ておれ。偽侍、食べぬか」

と一松に声をかけた。

こちらは遠慮など無縁の育ちだ。酒を飲んでいた一松は、

「頂戴致す」

と自ら丼に取り分け、食べ始めた。直ぐに顔が綻《ほころ》び、

「これは美味《うま》い、このようなものを食べたことがない」

と夢中で箸を動かし始めた。酒を飲むことを忘れるほどの食べっぷりだ。何しろ一松は朝から、独創の秘剣の稽古をして何も口に入れていない。腹が減っている上に美味な鶏鍋だ。鍋を食べ尽くす勢いである。

「ほれ、覚兵衛、介三郎、これが食べ方の本道よ」

老公の言葉を聞き、眼前の一松の食欲に圧倒された二人の従者にして大学者が、

「われらが遠慮致しても大安寺一松どのがこれでは遠慮もなにもないぞ」

「鍋を空に致す食べっぷり、われらに汁一滴たりとも残りそうにない」

「頂こうか、介三郎どの」

と慌てて、箸をつけた。

「そうせえそうせえ。足りずばまた新たに注文致さばよい」

幼年期、

「御家中賤《いや》しき者の子供とまじりて」

育った光圀も三人に競う健啖《けんたん》ぶりであった。

「大安寺一松弾正の謂《いわ》れはなにか」

光圀が一松に訊いた。満腹したせいで鶏鍋から一松に興味を移したようだ。

「摂津三田藩の中間であった親父の伍平に、浜松城下の大安寺門前でおれを拾ったと常々言い聞かされて育った」

「ほう、そなた、捨て子か」

「それが違うのだ。親父が殺された後、浜松を訪ねてみればおれの母親は浜松城下の飯盛女郎のたき、そして父は伍平ということが判明した。おれを密かに産んだ母は親父と謀《はか》り、浜松城下から逃れようとして追っ手に追われ、天竜川《てんりゅう》で溺れ死んだそうだ。その母が投げ込まれた寺も大安寺であった」

「母者の菩提寺の名でもあったか」

「一松は本名、弾正は箱根の弾正ケ原《だんじょうがはら》からとったのだ。愛甲喜平太と申す諸国を武者修行に歩いていた薩摩人の剣客から示現流の手解《てほど》きを受けた場所でな、わが師の亡骸《なきがら》を埋めた地でもある」

「そなたが薩摩と事を構えるは師の愛甲喜平太のこともあってのことか」

と独り得心した光圀は、

「謂れを聞けば大安寺一松弾正、戦国の武将の如き豪傑の名に思えてきた。なかなか雄渾《ゆうこん》なる命名ぞ」

光圀は腰の矢立《やたて》を出すと懐紙になにかをさらさらと書き付け、さらにしばし沈思した後、運筆を変えてなにかを描く気配を示した。

「そなたの名を訝《いぶか》しく思う者あらばこれを見せよ」

一松が受け取ってみると、

「愛甲派示現流生涯修行者大安寺一松弾正
流儀剣名此れ確と追認致候
梅里宰相光圀」

とあった。

その追認状のかたわらには梅の古木が描かれ、横手に延びた一枝の下の岩の上に座禅する一松が描かれていた。その腰にもかたわらにも剣なく木刀なく徒手空拳《としゅくうけん》の座禅姿だ。

安積と佐々木が一松の広げた懐紙を覗き込み、

「おおっ、これで元禄の剣術家大安寺一松弾正は、押しも押されもせぬ豪傑になりましたぞ」

「もはや一松どのなどと、うかうかと呼べませぬぞ」

と言い合った。

「老公、大安寺どのは達磨《だるま》大師の如く身に寸鉄《すんてつ》も帯びてはおりませぬ。修行の果ては徒手空拳との教えですか」

安積が聞いた。

「いかにもさよう。この仁、ちと血の気が多過ぎる。その恐ろしく長い剣や木刀に頼りては真の開眼には到達しまい。剣者の悟達は素手にあり、頭にありじゃ。分かるか、偽侍」

「分からぬ」

と一松は腹立たしげに言い放った。

「分からぬか」

「侍の値打ちはいかに強いかで決まるものよ。そのために他人よりも長く、重い得物をだれよりも素早く振り回す、それだけのこと。光圀様、あとは理屈だ。鹿島《かしま》も新陰も皆伝と称して、屁理屈をつけおった。商いのためにな」

「そなたの話を聞いておるといっそ物事の道理がすっきり致すわ。覚兵衛、介三郎、これはこれで真理じゃぞ」

老公が愉快そうにからからと笑った。

一行が鶏鍋の料理茶屋を出ると未だ鷲明神は明かりが点《とも》り、大勢の参拝の客で混み合っていた。

三人の従者は光圀を囲むように吉原の鉄漿溝の外を回った。

西の祭の宵だ。

跳ね橋が下がり、鉄漿溝に架けられていた。その上を鷲明神に参った群衆が続々と廓内へと入っていく。

「覚兵衛、介三郎、そなたら、学問ばかりで遊里を知るまい」

「存じませぬ」

謹厳実直な安積が答えた。

「吉原の太夫《たゆう》と呼ばれる遊女は、和歌俳句書道香道茶道の遊芸は言うに及ばず文芸諸々に琴三味線の一つも弾きこなさねば務まらぬという。仲之町など見物して参ろうかのう」

宗匠《そうしょう》頭巾に竹杖の光圀が跳ね橋を渡り、二人の従者が慌てて従った。

一松は三人の後を悠然と追いながら、西河岸の切見世女郎おうめのことを思い出していた。

話をしたいという気はあった。だが、今宵の一松は光圀の用心棒の務めがあった。いくら悪松でも約定《やくじょう》は約定、途中で放り出すつもりはなかった。

揚屋《あげや》町から仲之町に出て、水道尻へと人の流れに押されるように進む。

光圀は紅殻格子の遊女たちの艶《あで》やかな装いに目を凝《こ》らして覗き込み、二人の従者は初めて接する光景に言葉もない。

仲之町のどんづまり、水道尻には火の見櫓《やぐら》があって、番小屋もあった。そこで冷やかしの客は京町一、二丁目へと左右に分かれた。

一行の前に立ち塞《ふさ》がった者がいた。

吉原を監督する面番所の役人だ。

新吉原は江戸町奉行所の管轄下にあり、隠密廻りの与力同心が交代で詰めて、治安維持にあたった。だが、実際は吉原会所《かいしょ》、あるいは四郎兵衛《しろべえ》会所と呼ばれる吉原の自治組織が一切の治安を掌《つかさど》っていた。

南北両町奉行所から派遣される与力は節季《せっき》の折だけ吉原を訪れ、町役人から接待を受け、賂《まいない》を受け取った。普段はその支配下の同心が御用聞きらを従えて詰めていた。彼らもさほどの御用があるわけではない。時を無為に過ごし、三度三度贅沢《ぜいたく》な膳と酒の供応を受け、船での送迎に骨抜きにされていた。

「ちと物を尋ねたい」

「なにか」

光圀が答えた。

「お手前方の後ろにおる木偶の坊は従者か」

「いかにも」

「ならば番小屋に参られよ」

町役人が後ろの閉じられた番屋を目で指した。

安積が応対を代わろうとするのを光圀が制し、

「そなたら、面番所役人か」

「いかにも」

「今月は南か北か」

「われら、南の所属である」

役人が横柄《おうへい》に答えた。

「南とな、奉行は能勢出雲《のせいずも》であったかのう、覚兵衛」

光圀が安積に念を押した。

「いかにも能勢様が南町奉行を務めております」

「出雲は壮健《そうけん》か」

光圀に問いかけられた面番所役人の顔色が変わった。

「おのれ、お奉行の名を呼び捨てにしおって！」

「なんぞ不都合か」

「なにがなんでも番屋に引っ立てる」

と同心が引き連れた小者と十手持ちに合図をした。一松と佐々木介三郎が同時に動いた。

「あいや、大安寺どの、ここはわれらに」

安積も一松の動きを牽制《けんせい》した。

佐々木が同心の前に擦《す》り寄った。同心は胳かと片袖を突き出した。その耳に佐々木が何事か囁いた。同心は一瞬、
ぽかん
とした表情で、光圀を長々と見詰め、それがゆっくりと真っ青な顔に変わり、何事か言いかけて土下座をしようとした。それを制した佐々木が、

「お忍びにござる」

と耳打ちした。

一松が動いたのはそのときだ。

締め切られた番屋の腰高障子を押し開けた。中に三ノ輪の鳫八の代貸藤次郎と子分たちがいた。番屋の板の間におうめが座らされていた。

「藤次郎と申したか」

「野郎！」

子分の一人が板の間に駆け上がると匕首を目の見えないおうめの喉元に突き付けた。もう一人の子分が一松の前に立ち塞《ふさ》がった。

一松は素手で眼前の子分の頬桁《ほおげた》を殴りつけた。子分が両足を浮かせて横手に飛び、羽目板に頭をぶつけて目を回した。

「おうめをいたぶるとは許せぬ」

藤次郎らが長脇差を抜いて身構えた。

その時、面番所の同心が入ってきて、

「藤次郎、そのほう、われらを謀《たばか》りおったな」

と叫んだ。

「立浪《たつなみ》様、なんでございますな。うちがこやつに酷《ひど》い目に遭わされたのは事実ですぜ」

「藤次郎、最初にこの御仁と関わった謂れはなにか」

「だから、一の酉の賭場の客でさあ」

「それがなぜ諍いになった」

「それが……」

「それがどうした」

藤次郎が言葉に窮《きゅう》した。

「賭場では二十数両ほどおれが勝った。そいつを取り戻さんと帰り道、用心棒と子分を差し向けた。それが諍いの因《もと》よ」

「確かか、藤次郎」

「だから、立浪の旦那、以心伝心の話だ。こいつを叩き斬《き》るか、牢送りにすれば旦那の懐《ふところ》が潤《うるお》う話だ、事は簡単じゃねえか」

と叫び返した。

「ばか者！」

と光圀の手前、藤次郎を怒鳴りつけて黙らせた面番所同心立浪玄次郎《げんじろう》が一松に向き直り、

「切見世女郎のおうめはわれらが責任を持って西河岸に戻します」

と約定した。

「おれが今送り届ける」

と一松が答え、おうめに声をかけた。

「おうめ、もはや心配ない。こちらに来よ」

「お侍、助けに来てくれましたんで」

おうめが板の間を這《は》ってきた。

一松は番小屋の土間を見回したがおうめの履物《はきもの》は見当たらなかった。裸足で引き立てられてきたのか。

「おれの背におぶされ」

「お侍さん」

「構わぬ」

一松はおうめを背に負ぶうとどこか釈然《しゃくぜん》としない顔の藤次郎を睨《にら》んだ。

「過日、鳫八の家に挨拶に出向くと申した言葉、まだ生きておると思え」

「糞《くそ》っ！」

吐き捨てた罵《のの》り声を聞き流して一松は木刀を杖のように突いて番小屋を出た。

「ほう、そなたの馴染《なじ》みの遊女か」

光圀が思わぬ展開に訊いた。

「初酉の夜、おうめの切見世で過ごした仲でござる」

「目が見えぬか」

光圀の言葉を聞いたおうめが、

「お侍はおうめにとって菩薩《ぼさつ》様のようなお方です。おうめはあのように楽しい一夜を過ごしたことはございません」

おうめが必死で一夜の交わりを告げた。

「悪松が善行を積んだか」

「おうめはなんぞ勘違いをしておるようだ。悪松は悪松、そうそう変わりあるものか」

しばし待ってほしいと光圀に頼んだ一松は開運稲荷へと京町一丁目を突き進み、

「おうめ、そなたの家は未だ橋場村にあるか」

と訊いた。

「はい」

「母者の元へ戻りたいか」

「それはもう」

と答えたおうめは、

「そんな夢のようなことがこの世にあるわけはありません」

と諦めの言葉を吐いた。

おうめの切見世の前にどてらを着た抱え主が立っていて、一松の顔を見ながら、

「おや、おうめ、番屋に呼ばれたというが戻ってこられたか」

と訊いてきた。

「おれの諍いにおうめが巻き込まれたのだ」

一松は狭い戸口から土間に入り、背負ったおうめを下ろした。

「おうめ、明日にも戻って参る」

「ほんとですか」

おうめの答えが弾んでいた。

「今は連れがあるでな」

「ご身分の高いお方のように察せられました」

目の不自由なおうめは鋭敏《えいびん》にも光圀のことを推量していた。

「待っておれ」

板敷きの路地に出た一松は抱え主を京町の木戸口《きどぐち》まで連れていった。

「そなたの名は」

「へえっ、矢《や》の字《じ》でさあ」

矢の字とはまた奇妙な名だ。

「おうめの身請けにいくらかかる」

「へえっ」

とどてらから首をきゅんと伸ばした矢の字が、

「おうめは若いし、器量もいいや」

と思案した。

「駆け引き致すでない、そのほうの首を引き抜くぞ」

「旦那にかかっちゃあ、西河岸の矢の字もかたなしだ。十五両でどうです」

「切見世の女だぞ」

「十二両」

木刀を矢の字の肩にそうっと置いた。

「十両だ、持っていけ」

「明日、その金子を用意して必ず参る。もはや、今宵は客を取らせるな」

「合点承知だ」

一松は木刀を矢の字から下ろすと光圀を待たせた水道尻へと戻っていった。

三

衣紋坂から日本堤に出た光圀は上機嫌であった。山谷堀から寒風が吹き上げてきたが寒さなどものともせず健脚ぶりを見せて、

「やはり江戸は面白いな」

と満足げであった。すぐ傍らを歩く佐々木介三郎が、

「江戸での用事はお済みになられましたか」

「済んだといえば済んだ」

光圀は曖昧《あいまい》に答えた。家臣としてはそれ以上、内容を深く問い質《ただ》すことはできない。だが、機嫌のよい光圀は自ら口を開いた。

「甲府《こうふ》藩主の綱豊どのと面会を致し、次なる飛躍に備えよと諸々願って参った」

一松にはなんのことかさっぱり理解できなかった。

二人の従者は予測していたこととはいえ、身に緊張を走らせた。

「次なる飛躍に備えよ」とは綱吉後ということだ。だが、嫡男《ちゃくなん》のいない綱吉は娘婿の後継を考えていた。また御側御用人として権勢を振るう柳沢保明はあれこれと綱吉の後継を

企てているという風聞頻《ふうぶんしき》りであった。

将軍家代替わりにおける唯一のご意見番の水戸家の隠居にして、天下の副将軍を自任する光圀にとっては正流からほど遠い後継は許されざること、健在なれば五代将軍の座に就《つ》くはずであった綱重の嫡男徳川綱豊へ戻すことが悲願であった。

「近々綱豊どのが西の丸に入られよう」

光圀の言葉は綱豊が綱吉の世子となり、六代将軍になることを意味した。

綱吉の政治は晩年に差し掛かり、奢侈《しゃし》を行ない、一部の僧侶と図り護国寺《ごこくじ》など寺社の建《こん》立《りゅう》を繰り返し、柳沢保明らを重用するあまり偏ったものになっていた。その象徴が天下の悪法の「生類憐みの令」であった。

そんな綱吉にとって光圀の建言と下工作は耳が痛く、腹立たしくあっても面白いはずがない。

江戸出府は綱吉と光圀の間に対立が深まったことを意味した。

土手八丁を楽しげに歩いた光圀は従者の危惧《きぐ》をよそに今戸橋で御蔵前通りに曲がった。

その瞬間、一松は久しぶりに身に緊張が走るのを感じた。静かな殺気を漂わせた監視の目にふいに囲まれていた。

光圀への刺客か、一松を斃《たお》そうとする薩摩の一派か。

なんにしても三ノ輪の鴈八程度の小物が漂わす殺気ではなかった。

光圀と佐々木は何事か会話しており、かたわらの安積覚兵衛も知らぬげだ。佐々木も安積も武の人ではない。光圀に登用された理由は人柄もさることながら、大学者としての知識を買われたからだ。

一松は歩き方を変えることなく光圀一行を囲む殺気の因を知ろうとした。だが、闇に潜《ひそ》む一団は姿を見せることなく随行していた。

六軒町の河岸に止めた屋形船までもはや距離はない。

（どこで襲い来るか）

と一松が思案したとき、

すいっ

と殺気の気配が掻《か》き消えた。

（うーむ。どういうことか）

一松は迷った。

思案した。

（まさか）

一松はわずかな時間に様々なことを想定し、思案を巡らせて一つの結論を得た。戦いの狭間に身を晒《さら》してきた野性の勘がそれを導き出したのだ。

「安積どの、別行致す」

その言葉を安積覚兵衛に囁いた一松は前を行く光圀と佐々木に気配を悟られることなく御蔵前通りに軒を連ねるお店とお店の間の路地に姿を没した。

賭けであった。だが、一松は己の持つ野性の勘に従い、敢然《かんぜん》と行動した。

溶け込むように入り込んだ路地を走って大川端に出た。

大川の右岸の町屋に幅半間の河岸道が走っていた。

ほぼ一町（約一〇九メートル）下流に水戸藩の屋形船がひっそりと主の帰りを待っていた。そして、そこから数間離れた水面に安積と一松が乗ってきた猪牙舟が舫《もや》われて揺れているのも見えた。

一松は河岸道を伝いつつ、長船兼光の下げ緒《さお》を外した。さらに大小を抜くと帯を解《ほど》いた。そこで立ち止まり、小袖を脱いで下帯一つになった。兼光と脇差を小袖に包み込んだ。刀の下げ緒で赤樫の木刀を背に斜めに負った。

屋形船では光圀の戻りを察したか、船頭や水夫《かこ》たちが出迎える態勢を整えていた。

一松は河岸道を屋形船に近付きながら確かめた。

屋形船の主船頭や水夫は、水戸家の御船手奉行支配下の者で船頭の羽織の背に水戸家の家紋の一つ、六葵《むつあおい》が染め出されていた。水夫たちのお仕着せにもそれはあった。むろん腰には定寸よりも短めの刀が一本差し込まれていた。狭い船で機敏に行動するため、刀身の短い刀を佩《は》いているのだ。

光圀には政治家、水戸学を確立した学者という顔の他に今一つ探検家としての顔があった。

船長三百尺（約九〇メートル）、主帆柱の高さ二百尺（約六〇メートル）、四十挺《ちよう》の櫓を備えた大型船、快風《かいふう》丸を建造して、蝦夷《えぞ》地探検に出帆させていた。

この快風丸は貞亨《じようきよう》三年（一六八六）に第一回の蝦夷地探査に赴き、さらに四年には蝦夷松前《まつまえ》から石狩《いしかり》の地に到達していた。さらに元禄元年（一六八八）には総勢六十七人の家臣団を乗せた快風丸が石狩川奥地へと遡《さかのぼ》っていた。

水戸家の御船手奉行支配下の船頭、水夫は水戸と江戸の往復のみならず、外洋を経験した猛者《もさ》たちであり、武芸練達の士であった。

今、その連中が屋形船のあちこちに立ち、光圀の帰船を出迎えていた。

一松は船頭以下、六人と確かめると河岸道から水辺に下り、陰暦十一月の冷水に足を浸《つ》けた。肌を刺すほどの冷たさが一松の体を襲った。だが、一松は迷うことなく大川に身を静かに投じた。立ち泳ぎで長船兼光と脇差を包んだ衣服を頭の上に両手で差し上げ、猪牙舟へと接近した。

「お帰りなされませ」

「待たせたな」

光圀が応じ、佐々木介三郎だけを従えて屋形船へと乗り込んだ。

一松はその様子を窺い、荷を猪牙の船底に隠した。そして、身軽になった一松は静かに抜き手を切って屋形船の舳先へと向かった。

主を迎えた屋形船は出船の仕度が慌しく執《と》り行なわれていた。

舫い綱が解かれ、艫と舳先の水夫二人が竿の先で船着場の石垣を押して、屋形船を流れに乗せようとした。

一松はその時、舳先のみよしに両手でぶら下がっていた。胸から上は水面に出ていたが下半身は寒の水中だ。

その上には竿を保持した水夫が立っていた。

一松の水に浸かった下半身を冷水が麻痺《まひ》させていく。片手を離して、背の木刀を外し、もう一方の手に構えた。

木刀の切っ先でこつこつと船縁を叩いた。

うーむ

と不審な物音に水夫が顔を覗かせ、舳先下の水面を見た。

その瞬間、木刀の切っ先が鳩尾《みぞおち》に向かって片手突きに突き上げられ、うっ、という呻《うめ》き声を洩らした水夫が崩れ落ちようとした。

一松は片手懸垂《けんすい》で身を上げ、崩れ落ちてきた水夫の体を物音がしないように受け止めた。しばらくその姿勢でじいっと辺りの様子を窺った。

どうやら気づいた者はいないようだ。

一松は木刀を舳先にそっと置き、自由になった片手で船縁を摑み、音を立てないように肩の上に乗った水夫を持ち上げて、床に寝かせた。

素早くそのかたわらに這い上がった一松は水夫のお仕着せを脱がせると濡れた体に纏《まと》った。少々窮屈だが、致し方ない。帯を締めて、竿を握れば、遠目には水戸家の水夫に見えなくもない。

屋形船の船中にはお女中のお笛《ふえ》が待機していたが、光圀と佐々木の帰りに直ぐに熱い茶を用意した。

「お笛、長々と待たせたな」

「なんのことがございましょう」

お笛はどこか緊張の面持ちで答えた。だが、光圀主従がその異変に気づいた様子はなかった。お笛は緊張を隠そうと光圀に茶を供しながら尋ねていた。

「ご老公様、酉の祭は楽しゅうございましたか」

「そなたも連れて参ればよかったかのう。もっとも屋敷奉公の女中が吉原に入ったとあらば後々ちと差し障りがあるか」

と光圀は吉原の賑わいを思い出したように笑った。

屋形船は筑波《つくば》おろしに背を押され、流れに乗って神田川の合流部柳原《やなぎわら》へと急速に近付いた。

右手に浅草下平右衛門町の河岸を、左手に将軍家が御用船に乗船する上之召場《かみのめしば》を見ながら、船頭の指揮で櫓方が手際よく神田川へと舳先を入れた。

一松は事が起こるとしたら、浅草橋を潜《くぐ》った後だと考えていた。その先、柳原土手の静寂の間を川は流れ、町屋とも遠ざかった。

足元には師・愛甲喜平太の手造りの木刀があった。

その長さ四尺五寸、屋形船で使うには長過ぎる得物だったが、一松は手に馴染んだ木刀に一身と水戸光圀の命を託した。

刻限はすでに四つ（午後十時）の頃合か。

屋形船は浅草御門のある橋を潜った。

屋形船に静かな殺気が漂った。

船頭以下御船手六人は一松が一人を始末して五人になっていた。障子の向こうの気配から女中一人が光圀の接待に乗っていたが、この女が敵か味方か分からなかった。

まず五人の御船手は光圀の刺客と見たほうがいい。異様な殺気がそれを示していた。櫓を握る一人は襲撃には加われなかった。

（四人か）

一松は前方を監視する構えから船を振り向いた。屋形船の両の船縁、艫、さらには屋根に人影があった。

船頭以下五人の他に屋形船のどこに隠れていたか、三人が加わり、光圀暗殺を企んでいた。

忍びの心得を持つものか、御船手支配の者とは違っていた。御蔵前通りから監視の目を放ち、殺気を漂わせていたのはこの三人だ。それだけに並々ならぬ遣い手と察せられた。

屋形船の光圀を襲おうとする刺客は七人となった。

茶を喫していた光圀が異常に気づいた。

「介三郎、現われよったわ」

「なんと申されますな」

佐々木介三郎が辺りを覗《うかが》い、

「深沢義介《ふかざわぎすけ》どの、なんぞ異変か」

と船頭の名を呼び、訊いた。

だが、返答はなかった。

「船頭はおらぬか」

「ご老公、お命頂戴申す」

艫に立った黒装束が言った。雇われた刺客の頭分だ。

「何奴か」

「光圀様、もはや刺客の正体が何者でも彼岸に向かわれるご老公には関わりなきこと」

「どうやら藤井紋太夫の手の者じゃな。御船手に紋太夫の息がかかっておったとは迂闊《うかつ》であった」

光圀が呻《うめ》くように応じた。

介三郎が脇差を抜いて構えた。そして、

（一松の姿が船に乗る折には消えていた）

とそのことを思い出し、不安に苛《さいな》まれた。

「ご老公」

「介三郎、うろたえるでない」

光圀の視線はお女中のお笛を見ていた。

「お笛、そなたも藤井一派の手の者か」

「讃岐高松から紋太夫様に随行してきた者にございます」

お笛は綱条の家老藤井紋太夫の手の者であることを認めた。

一松は屋根の上の二人が足音を消し、光圀が座す真上に移動すると短槍の穂先二本を煌《きらめ》かせて構えたのを見た。屋形船の屋根を貫いて光圀を暗殺する気だ。

足元の木刀を拾い上げた。

その姿勢から屋根に跳躍した。

一松が両足を踏ん張って着地したせいで屋形船が大きく揺れた。

そのとき、船は新《あたら》シ橋《ばし》を潜っていた。一瞬、屋形船の屋根は真っ暗な闇に包まれた。

槍を構えた二人が一松を見た。

大きな影が叫んだ。

ちぇーすと!

怪鳥の鳴き声が柳原土手と向柳原に挟まれた神田川を遡上する船じゅうに響いた。

船が橋を出た。

一松の巨軀が屋形船の真上に高々と飛び上がり、槍の穂先を屋形船に突き入れるか、それとも突然現われた巨軀に立ち向かうか、迷った二人の頭上から電撃の速さで襲いかかっていった。

木刀が振り下ろされ、一気に一人目の脳天《のうてん》を叩き割り、連鎖した二撃目で二人目の肩を砕いて斃《たお》していた。

一松は二人の体に覆い被さるように舞い下りると両の船縁にいた一人を足で蹴り倒し、反対の刺客には横手殴りに木刀を横っ面に叩きつけていた。

ぐしゃっ

と顔の骨が砕ける音が響いて、両の船縁の二人が流れに落ちた。

一瞬の攻撃に四人が戦いから脱落した。

「ご老公、船の舳先へ寄ってくだされ」

一松が命じた。

艫に立つ刺客の頭目と手下と船頭が船中へと雪崩《なだ》れ込もうとしていた。

一松は屋根に転がる短槍を拾うと片手突きに、

ぶすりぶすり

と二本の槍を突き立てた。そうしておいて、屋根から船縁に飛び下りると障子を足で蹴り破り、船中に転がり込んだ。

一松が飛び込んだのは光圀と佐々木、刺客三人とお笛が睨み合った真ん中であった。その眼前に自らが突き差した二本の槍格子ができていた。

「もそっと静かに登場はできぬのか」

光圀がお仕着せに下帯だけで両脚を晒《さら》した一松に苦言を呈《てい》した。

「事は急を要しましたでな、御免くだされ」

一松はゆっくりと起き上がって片膝を突くと背に光圀と佐々木介三郎を置いた。光圀と佐々木にはお仕着せから尻が丸見えに見えた。

「暗殺は企てが見破られた瞬間に失敗に帰す。どうするな」

一松は木刀を持ち上げ、切っ先を槍格子の間から三人の刺客の前に突き出した。

「薩摩の示現流の真似事をするそうな。浅はかにも槍格子まで造りおって、この船中で力技も使えまい、下郎」

刺客の頭目らは一尺八寸（約五五センチ）余の小太刀を構えていた。

「試してみるか」

一松がにたりと笑った。

木刀の切っ先が上がり、直ぐに屋形船の天井にぶつかった。

「ふふふっ」

という嗤《わら》いが刺客たちの間から起こった。

木刀の切っ先が再び天井から床に下りて、一松の口から腹の底からの叫びが響き渡った。

きえええっ！

屋形船が揺れた。

片膝立ちの構えから切っ先が天井に向かって今度は迅速《じんそく》に振り上げられた。直ぐに天井にあたったが、なんと切っ先は天井板を軽々と突き破り、垂直に立てられた。

夜風が天井から吹き込んできた。

ちぇーすと！

片膝の一松の体が一尺ほど浮き上がり、木刀が振り下ろされた。

刺客らは小太刀の切っ先を揃えて一松の胸元に飛び込もうとして、船の天井を薄紙のように突き破って振り下ろされる一撃を眉間に受けた。

げえええっ
まず刺客の頭目が顔面を押し潰されるように殺され、さらに木刀は槍格子も屋形船の障子戸もないかのように縦横に振るわれた。二本の槍の柄がへし折られ、障子が吹き飛んだ。

刺客の一人などは一松の振るう木刀に乗せられ、神田川へと叩き込まれた。

お笛が恐怖に両眼を見開き、腰の抜けた体で後じさりした。

一松はその場を動くことなく相手を負かした。

一松の口から、

「船中不動斬り」

の言葉が洩れた。秘剣に付けた名だった。

お笛が船室から艫へ必死で逃げると櫓を握っていた水夫と一緒に水中へと自ら飛び込んだ。

あまりの恐怖に錯乱《さくらん》したか。

一松の振るった木刀に天井も屋根も大きく破壊された屋形船に寒風が吹き込んできた。

「そなたの剣技、見れば見るほど空恐ろしいのう」

背で光圀の嘆声が聞こえた。

屋形船に、
がつん
となにかが当たる物音がして、破れた障子の向こうから安積覚兵衛の恐怖に引き攣《つ》った顔が覗いた。

「これは……」

絶句する安積に、

「覚兵衛、屋形船を野分けが吹き荒《すさ》びよったわ」

「一松どの」

と視線を向けた安積の問いには答えず、

「この船、どうなされますな」

と訊いた。

返答したのは光圀だ。

「この屋形で上屋敷にも帰れまい。そなたら、屋形を蔵屋敷に回せるか」

「猪牙も屋形も櫓の操りは一緒にございます。なにしろ、こちらには大力の大安寺一松どのがおられますからな」

「ならば、覚兵衛、蔵屋敷に回せ。今宵の始末をつけねばなるまいて」

と光圀が険しい声で命じた。

四

翌朝の朝まだき、大安寺一松は水戸藩の小梅村蔵屋敷から一人猪牙舟を駆って、大川に出た。

大川から朝靄《あさもや》が湧《わ》いて川面を流れていた。猪牙の舳先が靄を分けて竹屋ノ渡しを目指し、山谷堀に舟を入れた。

昨夜、一松の大暴れに天井や障子戸などを壊された屋形船を、光圀の従者の佐々木介三郎、安積覚兵衛、一松の三人で操って神田川を戻り、夜の大川を遡上して蔵屋敷に着けた。

深夜、老公がお忍びで船を着けられたというので蔵屋敷の用人などは仰天したが、深夜の訪問と行動は数人の重臣を除いて極秘にされた。

一松は蔵屋敷の離れ屋に光圀が落ち着くまで同道した。

光圀は襲撃された神田川柳原土手から小梅村の蔵屋敷に入るまで無言のままに何事か考え続けていた。

離れ屋に光圀と安積、佐々木を送り届けた一松は、翌日少々時間を頂きたいと願った。

「なんぞ用か」

と光圀が問うた。

「なあに娘を一人、生まれ在所に届けるだけだ」

「盲目《めしい》の女郎を身請け致すか」

「お察しのとおりにございます」

一松は鹿爪《しかつめ》らしく答えた。

「身請けの金子はあるか」

「一ト切百文の切見世女郎でございますよ、大した金子ではござらぬ」

「なくば用立てようぞ」

「老公が案じなさる話ではないわ」

一松の返答はにべもなかった。苦笑いする光圀に、

「用を済ませば早々に立ち戻るがこちらでよいか」

「思案はなった。数日、蔵屋敷に滞在致し、水戸に戻る。だがな、その前に……」

と光圀が、
にたり
と不気味な笑いを頬に浮かべ、あとの言葉を口の中に飲み込んだ。

御三家水戸の二代藩主としてその基礎を築き、幕閣では将軍家の代替わりのたびに睨《にら》みを利かしてきた天下の副将軍が滅多《めった》に見せることのない冷徹な貌《かお》だ。その底知れぬ暗さを秘めた表情に接した一松の背筋に悪寒が走った。

（これが権謀術数を尽くして天下を動かしてきた者の秘めたる相貌か）

「だが、今宵のようにそなたの力を借りることはあるまい。二、三日うちには江戸を離れる」

光圀は蔵屋敷に座したままで反撃を始めると言っていた。むろん相手は当代藩主綱条の家老藤井紋太夫であろう。

もはや一松の出番はない。蔵屋敷に立ち戻ると約束し、半日、蔵屋敷の猪牙を借りることを安積に願った。

山谷堀の今戸橋界隈には無数の船宿が軒を連ねていた。官許の遊里に通うために柳原河岸辺りから舟でやってくる客が多いせいだ。遊客はこの今戸橋で舟を捨て、土手八丁を歩いていく。

だが、この刻限、朝帰りの客の姿も消え、船宿も船着場もひっそりと眠りに就いていた。

一松は今戸橋を潜り、新鳥越《とりごえ》橋まで漕《こ》ぎ上がった。

山谷堀の河口は幅およそ十二間（約二二メートル）、上流で五、六間（約一〇メートル）、水深は、六、七尺（約二メートル）あった。元々は下谷から流れ出ていた細流で、江戸城建設の折に砂利《じゃり》の採取場となって川幅を広げた。

一松は新鳥越橋に猪牙を舫って土手に上がった。ここまでなら舟の往来も可能だった。日本堤を三ノ輪に向かって一松は大股《おおまた》で歩いた。十三町（約一・四キロ）の土手など一松の足にかかれば一跨《また》ぎだ。

三ノ輪の辻で辻駕籠の男に鳫八一家の居場所を訊いた。

「鳫八親分の家かえ。ほれ、火の見櫓の下に一家を構えてなさるが、今頃はまだ暖簾《のれん》は出しておるめえぜ」

と一松の巨軀を、首を竦めて見上げた駕籠かきが顎《あご》で教えてくれた。

一松は半町（約五〇メートル）ほど西に歩いた火の見櫓下に、

「三ノ輪の鳫八諸々御用」

と腰高障子に書かれた家を見つけた。

三ノ輪から千住《せんじゅ》宿、浅草田圃を縄張りにする鳫八一家は駕籠かきが言うように未だひっそりと眠りに就いていた。

一松は難なく腰高障子を押し外すと薄暗い土間に仁王《におう》立ちになり、肩に担いできた木刀

で上がり框《がまち》をがんがんと叩いた。しばらくすると三下奴が、

「だれだ、朝っぱらから騒ぐ野郎は」

と寝ぼけ顔を見せたが、一松の姿に、

「お、親分、で、出た！」

と奥へすっ飛んでいった。

奥で子分どもの騒ぐ気配や慌しく走り回る様子があって、急にしーんと静かになった。

一松は木刀を杖のように突いて奥の気配を睨《にら》んだ。

行灯《あんどん》の明かりがゆっくりと現われた。刺し子の長半纏を着た年寄りが行灯を提げ、代貸の藤次郎と二人で姿を見せたのだ。藤次郎は袱紗《ふくさ》のかけられた三宝を捧げ持っていた。

「おまえ様が大安寺一松様かえ」

長半纏の年寄りが鴈八だろう。上がり框に座した。一家を仕切る親分の貫禄と計算が見え隠れする顔で訊いた。

「わっしが一家の束《たばね》、鴈八でさあ。おまえ様とは掛け違って顔を合わせてねえが、うちの野郎どもと行き違いがあったようだ」

「賭場帰りの客の懐を狙うのが行き違いか」

「まあ、そんなとこだ」

ととぼけた顔で応じた鴈八が、

「手打ち料を用意した。黙って懐に納め、これまでのことは水に流してくれめえか。白髪頭を下げる」

と鴈八が上がり框で平伏し、藤次郎が三宝を差し出した。

おうめを番屋に連れ出した詫び料を、と乗り込んだ一松だったが先手をとられた。どうやら吉原の面番所の同心に因果を含められたらしい。えらく神妙だった。

一松は袱紗の上からぐいっと三宝に載せられたものを掴んだ。切餅二つ、五十両が掌の中にあった。

「よかろう」

一松は袱紗ごと切餅を懐に仕舞うと、

「邪魔をしたな」

と言った。

ふーうっ
という溜息《ためいき》を藤次郎が洩らし、鴈八が、

「おめえ様という人は疫病神《やくびょうがみ》だぜ。うちがいくら始末に使ったと思いなさる」

とぼやいた。

「おまえらの稼業で肝心なのは相手の力加減を見抜くことだ。見間違えるところういうことに相なる。時に顔を出そう」

「それだけは止めてくんな」

雁八が真顔で答えた。

一松は土間から表に出た。

「だれか塩を持ってこい」

雁八が腹立たしげに奥へ怒鳴る声を背に聞いて、一松は吉原へと戻り始めた。

朝帰りの客も消えた吉原もまた一時の眠りに就いていた。だが、浅草非人溜めから人が出て、肥《こえ》を汲《く》んで回る姿が見られた。野菜や魚の棒手振《ぼてふ》りも天秤《てんびん》を肩に大門を潜っていた。

見えないところで吉原は動き始めていた。

人影もない仲之町に朝の光が差し込んできた。

一松は大門から水道尻まで木刀を肩に悠然と進んだ。茶屋と妓楼の間の路地から顔を覗かせた犬が、
ぎょっ
として身を竦ませた。

京町一丁目に折れて、西河岸への木戸口を潜った。するとどこからか味噌汁の匂いが漂ってきた。

切見世は間口四尺五寸奥行き二間の棟割が稼ぎの場であり、暮らしの場であった。昨夜、客にあぶれた女郎が朝飯でも作る匂いか。

一松は曲がりくねった板廊下をのしのしと進んだ。

開運稲荷の前で顔のただれた年増女郎と出会った。髪も抜けて頭髪の薄い女郎が一松の長身を見て、身を竦めた。両手に釜《かま》を抱えていた。井戸端で米でも研《と》いできたか。

「切見世を差配する矢の字はどこにおる」

がくがくと頷いた女郎が狭い路地に姿を消した。

切見世がふいに目を覚ました気配があった。顔にこそ出さなかったが一松はあちこちから覗かれている気配を感じた。

「ほんとに来なすったか」

綿のはみ出たどてらを纏《まと》った矢の字が路地の奥から姿を見せた。

一松はそれには答えず片手を懐に突っ込むと、切餅を包んだ紙を指先で捻《ひね》り破った。

懐で小判が音を立てた。

ごくり

と喉を鳴らした矢の字が、

「おうめはゆんべは客は取らせてねえや」

と一松の機嫌を取るようにいった。

一松は懐手で小判十枚を数え、その手をそのままに訊いた。

「身請け証文はどこにある」

「へえっ」

矢の字がどてらの袖から一枚の紙を出した。

「広げよ」

一松は矢の字が両手で広げた証文の文字を読んだ。

「吉原西河岸矢の字抱へうめ身請け証文
其方抱へうめと申し切見世女郎未だ年季の内に御座候へ共我等妻に身請け致し……」

という最初の二行と金子十両身請け金の金釘《かなくぎ》流で書かれた文字を読み、末尾に目を移した。貰主大安寺一松とあり、西河岸妓楼主矢の字殿、と身請け証文の体裁が整えられているように思えた。

「十両は案ずるな」

一松がぱあっと片手を出した。小判が西河岸の薄明かりに鈍く光った。

どこかでがたりと切見世の戸が鳴った。

開運稲荷の前に番小屋の老爺《ろうや》が姿を見せ、切見世の光景に目を留めた。その首には拍子木がかけられてあった。

「矢の字、破れ」

「破るんで。大門口で吉原会所の若い衆に見せなきゃあおうめは外へ連れ出せませんぜ」

「ならばそのままでよい」

一松が矢の字に十両を差し出し、証文を摑み取った。

「旦那、切見世から身請けなんぞ聞いたこともねえ。おうめを幸せにしてくんな」

一松はただ頷いた。

矢の字は一松がおうめに惚《ほ》れて、女房にしようと考えているのだと思っていた。

「旦那の足元を見るつもりはねえ、この世界には身請けをされた遊女が残る仲間や牛太郎《ぎゅうたろう》に祝儀を配る、身請け振る舞いの習わしがあるんでさあ。切見世でご大層なこともできねえ、おれが一両出す、旦那ももう一両奮発してくんな。西河岸の仲間集めて、酒を振る舞いてえ」

一松は黙って二両を矢の字の手に載せた。

「おありがとうございます。西河岸一同におうめ身請け振る舞い二両、しかと頂戴致しました」

　矢の字が朗々と声を張り上げた。

「おありがとうございます！」

「おうめちゃん、幸せにね！」

　切見世のあちこちで女郎たちの声が上がった。

　今度は戸が開く音がして、風呂敷包みを提げたおうめが杜に縋《すが》って姿を見せた。吉原に売られてきた折に着ていた縞《しま》模様の筒袖か、洗い晒《ざら》しの単衣《ひとえ》を着ていた。それがおうめの身売りされた季節を示していた。

　一松はおうめの元へ歩み寄った。

「お侍さん、夢ではありませんか」

「おうめちゃん、こいつは夢じゃないよ」

　どこからか仲間の女郎が叫び、泣き出した。

　板廊下に立ったおうめが四方に頭を下げて挨拶した。

「姉様方、世話になりました。おうめは行きます」

「幸せになあ」

　泣き声が一段と激しくなった。だれも姿を見せない切見世の奥で、女たちがそれぞれ万感の思いをこめて泣いていた。

だれもが表見世からふきだまりに落ちてきた女郎ばかりだ。もはやこの先は投げ込み寺の浄閑寺《じょうかんじ》しかいく場所はなかった。そんな地獄から一人の娘が旅立とうとしていた。

一松はおうめを背に負ぶった。

木刀を杖に京町一丁目への木戸口を潜ろうとした。女たちの泣き声の合間から夜番の年寄りが叩く拍子木の音がいつまでも響いていた。そして、女郎たちの切見世の羽目板やら格子を叩く音が重なった。

一松とおうめは木戸を潜り、京町一丁目に出た。人影もない通りをさらに仲之町へと曲がると大門が見えた。

一松の首筋に冷たいものが落ちた。

おうめの流す涙だ。

大門口で吉原会所の若い衆に、懐にあった身請け証文を突き出した。証文を確かめた若い衆が、

「おうめちゃん、幸せになってくんな」

と送り出してくれた。

「おうめ、大門を出るぞ」

「あい、あーい」

二人は一瞬の間に大門を潜り、吉原の外に出た。

新鳥越橋からおうめを猪牙舟に乗せ、山谷堀を出ると大川を上流に向かった。

「お侍、大川に吹く風をこの頬にまた受けられようとは考えもしませんでした」

「おうめは大川の流れを承知か」

「はい、死んだお父つぁんが橋場ノ渡しの船頭でした。おっ母さんの手に引かれ、渡し場に行った記憶がございます」

頷いた一松は、

「家にはおっ母さんの他にだれがおる」

「妹が二人に弟が三人です」

「そなたの弟妹となると食い盛りじゃな」

「おっ母さんが日雇《ひようと》取りで稼ぐ給金では生きていくのがやっとです」

「そなたの身売りを決めたのはだれか」

「私です、お侍」

おうめがきっぱりと答えた。

「そなた自身が決めたというか」

「お父つぁんの残した借財を払うには姉か私か、どちらかが身売りせねばなりませんでした。姉は左官の半四郎《はんしろう》さんと所帯を持つ夢がございました」

「それでそなたが吉原にな」

しばし言葉が途切れた。すでに猪牙は橋場村に入っていた。

「姉と半四郎義兄《にい》さんがうちの暮らしを助けてくれているそうです」

「世の中、まわり持ちだ。姉者も半四郎もおうめ、そなたのお蔭で幸せを摑んだのだ」

おうめが曖昧に頷いた。

「おうめ、橋場ノ渡しが見えたぞ」

渡し場では乗合客が船を待っていた。そして、河岸では、石垣積みの作事が行なわれ、十数人の男女が石運びなどの仕事をしていた。

「お侍さん、おっ母さんは喜んでくれましょうか」

おうめがそのことを心配した。

「おうめ、そなたは姉のため、家族のために吉原に身売りしたのだ。今度はな、姉やおっ母さんがそなたを助ける番だ」

橋場村の船着場の一角に猪牙の舳先がとーんと接岸した。

一松は舫い綱を杭に巻くと身請け証文に切餅一つを包んで、

「おうめ、そなたは自由の身だ」

とおうめの手に持たせた。

「なんとか生きる道を見つけよ」

「お侍さん、なぜおうめに慈悲をかけていただけましたのですか、盲目だからですか」

おうめは見えない目を一松にひたっと向けた。

一松もおうめの視線を受け止め、答えていた。

「気紛れと思え」

その時、河岸の一角で女の声が上がった。

「おうめか、おうめではないか！」

一松は声のする方角を見た。もっこを担いでいた姉様被りをした二人の女が振り向いた
おうめを呆然と見ていた。

「おっ母さん」

おうめの口からこの言葉が洩れた。おうめに似た風貌の若い女が、

「おうめ、ほんとうにおうめだよ、おっ母さん」

と叫ぶともっこを投げ出し、船着場に走ってきた。

「姉さん！　おっ母さん！」

と声を張り上げたおうめを船着場に上げた一松は、猪牙に残されていた風呂敷包みをそのかたわらに置いた。

二人の女が船着場の板に腰を落としたおうめに抱き付いた。

一松は猪牙を船着場から離れさせた。

身悶《みもだ》えするように抱き合う三人の女の中からおうめがふいに川面を振り向き、

「お侍さん！」

と叫んだ。

「達者で暮らせ、おうめ」

おうめは船着場の板の上をいざると片手を虚空に振り上げて、

「お侍さん！」

といつまでも声を張り上げた。そして、最後は両手で合掌した。事情が分からないながら母親と姉も合掌して一松を見送った。

第三章　犬のなめし皮

一

水戸藩の小梅村の蔵屋敷を、ぴーんと張り詰めた空気が支配していた。それは身を切る寒中の筑波おろしよりも厳しく、屋敷全体が刃の下に険しくも晒《さら》されている、そんな感じだった。

お長屋で過ごす大安寺一松はそんな緊迫とは無縁な顔付きで、好きな時に眠り、思い立ったときに瓢簞《ひょうたん》池の奥に勝手に定めた樹林の道場に赴き、木刀を振り回しては走り回り、箱根での師匠愛甲喜平太直伝の山稽古を繰り返していた。

おうめと橋場の渡し場で別れて三度目の夜が明けたとき、蔵屋敷の緊張は最高潮に達した。

一松はその夜明けも道場で二刻半（五時間）ほど一心不乱に示現流独特の撃ち込み稽古を繰り返して、樹齢何百年もの古木の幹を容赦なく痛めつけた。

稽古を終えた一松はお長屋に戻り、井戸端で下帯一つになって水を被り、汗を洗い流した。

朝餉《あさげ》には遅く、昼餉《ひるげ》には早い刻限だ。だが、台所にいけばなんとか食べ物はあろうとその足で台所に向かった。

台所もひっそり閑として息を潜めていた。

飯炊き女のおとくが裏口から広い土間に入ってきた巨きな影に目を留めて、

「一松様か」

となんとなくほっとした声を洩らした。

「腹が減った。食い物はないか」

女衆がまだ髷《まげ》から水を滴らせる一松を見た。おとくが、

「おまえ様だけは水戸家に何が起ころうと関係ねえという顔じゃな」

と呆れた表情をした。

「息を潜めたところで成り行きが変わるわけでもあるまい」

一松は上がり框に木刀と長船兼光を置き、八寸角の黒光りした柱を背に胡坐《あぐら》をかいた。

「鰯《いわし》の味噌煮と浅利の味噌汁があるがそれでええか」

「馳走じゃぞ」

おとくらが音を立てないように膳を用意した。おとくがいった二品のほかに下野《しもつけ》から常陸《ひたち》の名物しもつかれが皿にあった。

「これなれば丼飯で何杯でも食べられる」

しもつかれは残りものの塩鮭の頭、炒《い》り豆に大根、人参、油揚げを加え、酒粕《さけかす》と酢《す》醤油で味付けして、ことことと煮込んだものだ。この保存食は村々で、しもつかり、すみつかれ、つむちかりなどと呼ばれた。元々は下野の郷土料理だという。

「おまえ様はちと風変わりな侍じゃな」

おとくは一松が偽の侍であることを見抜いたかのように嘆息した。

膳を前にした一松にはもはやおとくの感想など耳に入らない。

黙々と箸を動かしながら、一松は白子浜《しらこはま》に過ごすやえのことを思い浮かべていた。

此度の御用が終われば白子浜にやえを訪ね、やえのそばでのんびりした日々を過ごそうか、そんなことを考えながら咀嚼《そしやく》した。丼飯を二杯食べ、三杯目をしもつかれで食べるかどうか迷った末に止めた。なんぞ事が起こったとき、満腹では動きが鈍ると、一応殊勝なことを考えた一松だった。

「茶をくれ」

「もういいだか」

「迷うたが止めた」

「腹も身のうち、それがいい」

おとくが空いた丼に茶を注いでくれた。それを片手で抱えて、飲んでいると台所の戸が慌しく引かれて、

「おおっ、こちらであったか」

と安積覚兵衛が姿を見せた。焦《あせ》りの顔には一松を探し回った様子があった。

「御用か」

「同道願おう」

一松は頷くと立ち上がった。

安積に案内された一松は蔵屋敷の中でも未だ承知せぬお長屋や厩《うまや》のあるところばかりを通り、さらに御用部屋の戸口から屋内に入り、建具で締め切られた廊下を長々と歩かされて、湿った空気が漂う座敷の一室に導かれた。火もなければ行灯の明かりもない。遠くから差し込む明かりが障子越しにかすかに畳に落ちていた。

「こちらで待機願おう」

安積はそれ以上の説明は加えなかった。一松も訊《き》く気はない。だが、

「どれほど」

「さて」

と迷った安積が、

「夕刻までには事は決しよう」

と答えた。

「承知いたした」

なにか言いかけ、そのまま口を閉ざして安積が消えた。

一松はほの暗い座敷の畳に長船兼光と木刀を並べて置き、脇差だけを腰に差したまま胡坐をかいて、その時を待った。

このところ、水戸家の上屋敷と蔵屋敷との間に重臣を乗せた御用船が頻繁《ひんぱん》に往来していた。

それは光圀が当代藩主綱条に、あるいは家老藤井紋太夫に注文をつけたことを意味していた。むろん使者は、光圀を暗殺しようとした御船手奉行支配下と忍びの心得のある刺客たちの行動の証拠を届けたのであろう。

上屋敷の藤井派も光圀から送られた激しい詰問を繰り返す使者に抵抗の様子を見せてい

るか、知らぬ存ぜぬを貫き通しているのであろう。使者が往来するたびに蔵屋敷の緊迫が高まり、今や爆発せんばかりの勢いに達していた。

どれほど離れた場所か、一松には分からなかったが何事か交渉が進行している様子はしかと察せられた。びんびんと張り詰めた空気が一松の待機する座敷まで伝わってきた。

長い長い、一松にとって退屈な時が流れた。

声高に応酬する問答がかすかに聞こえ、止んだ。

重い静寂の後、

うっ

と息を詰めた呻き声が伝わり、直ぐに血と死の臭いが漂ってきた。そして、

ふうっ

と弛緩した気配も漂ってきた。

だれかが退室する様子だ。それから四半刻も過ぎたか。

人の気配がして安積覚兵衛が、

「終わりました」

と事が決着したことを告げた。

一松はお長屋に戻らんと長船兼光と木刀に手をかけ、立ち上がった。

安積はお長屋まで案内するつもりか、従った。

一松は出番がなかったことの意味を考えていた。おそらく光圀の注文を藤井紋太夫一派が、いや、綱条が、そして、背後に控える柳沢保明が飲まざるをえなかったということではないか。

屋敷から外に出たとき、安積覚兵衛が言い出した。

「一松どの、老公は明日、水戸に帰られる。同行願えるか」

「承知」

短く答えた。そして、訊いてみた。

「事は決着されたか」

「上屋敷との厳しい交渉がこの数日繰り返され、御船手奉行が自裁して一応の決着を見た」

「肝心の藤井紋太夫に咎《とが》めは」

「ございませぬ」

安積が複雑な顔で答えた。しばし迷った後に、

「綱条様が強く藤井紋太夫様に罪咎《つみとが》なしとご主張なされましてな」

「毒蛇の頭が残ったか。勝負は分けじゃな」

一松の感想に安積が嘆息し、

「老公の身に何事もございませなんだ、それがなにより」

と答えていた。それは当代藩主から藩政に口出し無用の厳しい注文が光圀にもついたことを意味していた。

二人はすでにお長屋近くに戻っていた。

「明日は七つ（午前四時）立ちか」

「夜が明けた後ゆえ、半刻ほどあとかと」

「承知した」

「なあに此度は楽旅にございますよ」

とようやく顔に笑みを浮かべた安積が言い残して去った。

翌朝、一松は安積が楽旅と言った意味を悟った。

水戸家蔵屋敷の船着場に帆柱が寝かされ、十六反の帆を畳ませた三百石の藩船梅光《ばいこう》丸が停泊して、水戸光圀ら一行をまだ薄暗いうちに乗船させた。

光圀は水戸と江戸との往復に供される藩船で水戸へと戻ろうとしていた。

一松は一行の梅光丸乗船を待って最後に乗った。

艫に水戸家の幟《はたじるし》を棚引《たなび》かせた三百石船は大きな櫓と長い竿を使ってゆっくりと船着場を離れた。

船頭と水夫は江戸の水戸家の御船手方ではなく、水戸の支配下の者であった。

大川を下る水戸家船梅光丸には緊張があった。

光圀以下従者たちは御座所に入ったままで船上には船頭、水夫以外の人影はない。

一松は舳先に立ち、明け行く大川を睥睨《へいげい》するように睨み付けていた。

光圀が陸路を選ばず、海路をとったことは襲撃の可能性が消えていないことを示していないか。

大川の流れにはすでに荷船や木材を組んだ筏《いかだ》が往来して、大川が江戸の物流の大動脈であることを教えていた。

梅光丸は両国橋の下を潜り、新大橋、永代橋《えいたい》を過ぎて越中島《えっちゅうじま》と佃島《つくだじま》との間の江戸湊《みなと》の一角で停船した。

水夫たちが慌しく動き回り、寝かされていた帆柱が立てられた。さらに十六反の帆が揚げられ、それが広げられると水戸家の帆印、水戸三葵《みつあおい》が鮮やかに浮かび上がった。

梅光丸の帆が風を孕《はら》んだ。

再び藩船は動き出した。

深川《ふかがわ》沖の江戸湊を梅光丸は東へと進み始めた。船体が風に震えたがそれは喜びを表わしているように思えた。

炊方《かしきかた》が朝餉の仕度を始め、飯の炊ける匂いが船上に流れた。

ふいに御座所の戸が開いて、光圀が姿を見せた。そのかたわらには異国人が従っていた。明からの渡来人の朱舜水だ。

光圀と朱は船縁から江戸湊の光景を、遠ざかる江戸の町並みなどを眺めていた。

朱が歓声を上げた。

朝の光に浮かび上がった富士《ふじ》の白い峰を見て上げた声だ。だが、山裾を厚い雲が覆って、高嶺《たかね》だけがぽっかりと浮かんでいるだけだった。

船室から安積覚兵衛、佐々木介三郎、立原五右衛門、狩谷信吾ら光圀の腹心たちが姿を見せた。

どの顔も一様にほっと安堵した様子が窺えた。それだけ光圀の江戸滞在は緊張を孕んだものであったということであろう。

「一松、機嫌はどうか」

光圀が舳先に立つ一松に気づき、声をかけた。

「老公のお心か、富士の高嶺と同じようにすっきりと日本晴れとは申せませぬな」

「なにっ、余の心模様か、雲に覆われた富士と同じ心境と申すか」

「御意」

　ふふふふうっ
　と口から笑いが洩《も》れ、それがからからとした高笑いに変わった。

「そなたにかかれば水戸光圀も富士山も大したものではないな」

「老公、道中なんぞ危惧《きぐ》がございまするか」

　一松が訊いた。

「そなたの宿敵、薩摩の動きと同じよ、あるようなないような」

　今度は一松が大笑した。

「よいよい、そなたと光圀は持ちつ持たれつ共に歩もうぞ」

「致し方ございませぬな」

「覚兵衛、一松は光圀の申し出を致し方ないの一語で片付けおったぞ」

「はあ、なんとも恐縮至極にございます」

「覚兵衛が恐縮したとて、当人は蛙《かえる》の面《つら》に小便よ」

　と面白そうに笑い続けた光圀が、

「盲目の女郎、どうしたな」

と訊いた。

「身請けしました」

一松は切見世が見せた愛惜の別れの光景を告げた。息を飲んでその模様を聞いた光圀がしばし沈思し、

「幕閣にそなたほどの情を持つ人間がおるかどうか」

と呟いた。

「考えてもみよ。『生類憐みの令』で犬を手厚く保護し、鳥獣に憐憫《れんびん》をおかけになる上様に、吉原の闇に息をつめて生きる女たちにかける一片の慈悲があらば、病《やまい》の身を売ることもあるまいに」

「老公、おうめに慈悲をかけたわけではない、悪松と呼ばれるおれの気紛れよ。だがな、何十人の仲間を改めて哀しみの縁に追いやったような気がしてな、先ほどから滅入っておる」

「一松、切見世女郎たちは哀しゅうて泣いたのではないわ。おうめの身請けを心から喜んで洩らした声よ。そなたが皆の心に灯火《ともしび》を点《とも》したのじゃ、夢を与えたのじゃ。政事とはなにか、そなたの行ないが教えてくれておるわ」

「分からぬ」

「それでよい」

船上に鐘の音が響き、炊方が、

「ご老公様、朝餉にございますぞ」

と叫んで知らせた。

「一松、一緒に食せぬか」

「老公と一緒では食べた気がせぬ。おれは一人で食べるのがよい」

「覚兵衛、介三郎、光圀の願いは悉《ことごと》く一松にはねられるぞ」

と笑いを残した光圀が御座所に戻った。

梅光丸は順調に東進を続けていた。

朝餉を終えた光圀は再び船上に姿を見せて陸影を眺め、安積や佐々木、時に朱舜水と何事か話し合いながら船行を楽しんでいた。

舳先に自らの居場所を定めた一松のところに安積が現われ、話し込んでいくことがあった。

「ご老公は江戸入りの際、水戸街道を使われますが水戸にお戻りのときは、街道を変えたり、水行にてあちらこちらの風物を楽しみながら参られます」

「外海を行かれることもあるのか」

一松にとって相模灘《さがみなだ》、外房《そとぼう》、九十九里《くじゅうくり》と初めての外洋航海に等しかった。

一松は薩摩との激戦の後、怪我を負い、水戸蔵屋敷に担ぎ込まれた。そして、数日後、水戸藩所有の船に乗せられ、常陸国久慈《くじ》川河口まで避難していた。

だが、その折の記憶は一切一松にはない。

海が荒れ始めた。

「いえ、江戸から外海に出られるのはご老公は初めての経験にございます」

梅光丸は江戸湊を離れて大きく揺れ始めていた。

光圀に船酔いの様子はないが、昼前から狩谷信吾と佐々木介三郎ら数人の供の者が船上にその姿を見せなかった。

「これ以上揺れますと、船酔いが心配でな、明日からが思いやられます」

と本音を吐いた。

その夕暮れ、梅光丸は安房《あわ》の館山湊《たてやまみなと》に到着した。

徳川幕府開闢《かいびゃく》の慶長期、館山は里見《さとみ》家十二万石の持ち高で立藩していた。だが、慶長十九年（一六一四）に里見忠義《ただよし》が安房国を没収され、伯耆《ほうき》国倉吉《くらよし》に移され、館山藩は消滅して、館山城は破却されていた。

光圀は上陸して湊を見物したいと言い出した。

一松は船酔いの安積や佐々木の代わりに同行を命じられた。二人の他には明からの渡来人朱舜水という異色の取り合わせだ。

伝馬《てんま》から下りた三人は湊に上がった。すると水戸藩の帆印を揚げた三百石船が入ったというので名主が慌てて湊に駆けつけていた。

羽織を着た名主が光圀の出で立ちを見て、

「もしや」

と言い出すのを制した光圀は、

「忍びの船旅である、そ知らぬ振りをしてくれぬか」

と頼んだ。恐縮した名主はさらに訊いた。

「なんぞお困りのことはございませぬか」

「なあに足慣らしに湊界隈《かいわい》を歩くだけじゃ、気に留めるな」

「案内を務めさせていただきます」

「頼もうか」

光圀一行は名主正兵衛《しょうべえ》の案内で見て回った。湊近くには回船問屋や網元《あみもと》屋敷が大きな屋敷を構えているだけで、あとは漁師の家が何十軒か集まっている鄙《ひな》びた湊だった。それでも光圀は人々の暮らしを興味深げにあれこれと見て回った。

そんな一行の後を子供たちがぞろぞろとついてきた。名主が、

「そなたら、あちらに行け」

と追い払うがそのときだけ喚声を上げて逃げ散るだけでまた集まってきた。

光圀はそんな光景も楽しげに見ていた。

再び賑やかな一団は湊に戻ってきた。

停泊する梅光丸に明かりが入って、伝馬が迎えにやってくるのが見えた。

子供たちは未だ立ち去ろうとはせず光圀らを遠巻きにしていた。

その時、異変が出来《しゅったい》した。

路地の奥から一匹の野犬が飛び出し、牙《きば》を剝《む》き出して突進してきた。

一松は犬の憑《つ》かれたような目付きから、犬が病にかかっていることを悟った。

「こらっ！」

と危険を感じた漁師の一人が叫んで追い払おうとした。だが、牙を剝き出した狂犬は子供たちへと襲いかかった。

「危ねえぞ！」

一松が動いたのはその瞬間だ。

一人の幼女に飛びかかろうと跳躍した野犬の前に立ち塞《ふさ》がると、木刀で片手殴りに頭を叩いた。

がーん！

と不気味な音が響いて野犬がその場に転がり、泡を吹いて悶絶《もんぜつ》した。

辺りに森閑《しんかん》とした空気が漂った。

一人の幼女が危うく襲われそうになったことよりも野犬を殺した現場を見た恐怖が、その場にいる全員を震え上がらせていた。

江戸からの通達「生類憐みの令」を恐れてのことだった。

「一松、ようやったな。病に狂いし犬より尊き娘の命が助かったわ、なにより祝着《しゅうちゃく》じゃ」

光圀が木刀を提げた一松に声をかけ、平然と笑った。

「老公、この犬の死骸、どう致しますか」

名主が青い顔で訊いた。

「案ずるな。われらが始末致す」

光圀は一松に船に運んでくれぬかと命じた。

この行為が後々幕府と、いや、綱吉と光圀の間に悶着《もんちゃく》を起こすことになる。だが、その時はそれで済んだ。

二

梅光丸は安房の洲崎《すざき》から野島《のじま》崎を回り、外洋に出た。三百石船が大きく揺れていたが水戸藩の船頭と水夫らには慣れた海路であり、まだ薄暗い陸影を確かめながら沖乗り航法で十六反帆を操り、巧みに風を拾いながら走らせる。

一松は狭い舳先に上がり、神田川で遣った秘剣、

「船中不動斬り」

の稽古に余念がない。さすがの一松も船の上では走り回り、飛び上がり、奇声を発しつつ、木刀を振るう示現流の稽古はできなかった。そこで思いついた稽古が、限られた場所で四尺五寸の木刀を、あるいは刃渡り三尺一寸八分の長船兼光を自在に遣う「新船中不動斬り」というべき技を完成させることだった。

片膝を突いた一松は揺れに合わせつつ、木刀を車輪に回し、上段から落とし、左右に斬り分ける稽古に熱中した。さらに木刀を兼光に替えた一松は、片膝立ちの腰間から抜き打ち、さらに上段に振り上げ、迅速に振り下ろす動きを何十、何百回となぞった。

最初、動きは滑《なめ》らかさと力強さを欠いていた。だが、一刻、一刻半と抜き打ち稽古を続

けるうちに急速に改善されてきた。

揺れる船上で片膝を突いての技に力強さが生じてきた。

一松は手応《てごた》えを感じたところで稽古を一旦止めた。

舳先に座し、両眼を閉じて、息を止めた。

風が汗をかいた顔をなぶった。弾む呼吸が鎮まった。

再び片膝立ちになった。

閉じた瞼《まぶた》の裏に広大な海が映じていた。風が一松の巨体を撫《な》でるように吹き、揺すった。

静かに両眼を開いた。

すでに夜が明けていた。

海と空と風。

一松の五感が捉《とら》えたものだ。

息を溜《た》め、怪鳥の叫び声にも似た気合いと一緒に吐き出した。

けえええっ！

その叫びは梅光丸の船体を震わし、波の上に広がった。

一松は片膝立ちで二尺ほど虚空に飛び上がり、腰間から長船兼光を抜くと頭上に振り上げ、反転させると太平洋の大海原を両断する気概で振り下ろす。

ちぇーすと！

一松の巨軀が飛び降りつつ、豪剣が潮を重く含んだ大気を裂いた。

一瞬、一松の脳裏に空から落とされる長船兼光が海を斬り分けた光景が映じていた。

がたん
片膝で再び舳先の床に着地した一松は、

「新船中不動斬り、成ったり！」

高々と叫んでいた。

一松が朝稽古を終えて艫を振り向くと、朱舜水が呆然と一松の稽古を眺めていた。

「騒がせ申したな」

「そなたのような和人を初めて見ましたぞ」

流暢《りゅうちょう》な日本語で明からの渡来人が言いかけた。そのかたわらには昨夕、一松が木刀で打ち殺した犬の皮が、なめされるためにか海風を受けて広げられていた。

(光圀はこの犬のなめし皮をどうしようというのか)

一松の思いをよそに、長衣の朱は驚きを隠せなかった。

朱が接した和人は背丈が低く、儀礼や言葉遣いに五月蠅《うるさ》い者ばかりだ。

だが、大安寺一松なる若者は、身丈が六尺三寸と大きく、激しくも俊敏な動きをもたらす体力と瞬発力を有していた。

それに御三家の先代藩主にして、幕府の後見役でもあった水戸光圀の面前でも恐れる風もなく対等に口を利いた。

この若者は他の和人とは異なる規範を有している、と朱舜水は畏敬《いけい》の目で見た。

一松はそのとき舳先から白子浜を望遠していた。

やえがいる浜だ、白子の漁村だ。

むろんやえは一松が水戸藩の藩船で沖合いを通過していることなど知るよしもない。

浜では漁師たちが船を引き上げているのが見えた。

やえ!

一松は声を嗄《か》らして叫んだ、叫び続けた。

この夕暮れ前、梅光丸は上総《かずさ》国九十九里沿岸を走り切り、下総《しもうさ》国犬吠岬《いぬぼうみさき》を回って利根《とね》川《がわ》河口の銚子《ちょうし》湊《みなと》に碇《いかり》を沈めた。

「一松、供をせよ」

光圀から声がかかった。昨夕と同じく朱舜水が加わり、銚子の湊に上陸した。海が荒れたせいで、佐々木介三郎も安積覚兵衛らも船酔いに悩まされて、船室に臥《ふ》せっていた。とても供ができる状態ではなかった。

関八州《かんはっしゅう》の大河、坂東太郎《ばんどうたろう》の異名を持つ利根川は元々その河口を江戸湊に持っていた。だが、度重なる水害に徳川幕府は元和《げんな》七年（一六二一）に東方の銚子に流す東遷に取り組んだ。

この利根川変流によって銚子湊は内陸との交易が盛んになり、さらには太平洋を航行する弁才船《べざいせん》の寄港によって富と情報がもたらされた。

その一つがこの地域で醸造される醤油だ。この醤油の製法は船によって摂津《せっつ》、紀伊《きい》よりもたらされた技術が根付いたものだった。

それだけに町並みも立派なら、賑わいも感じられた。

光圀と朱が肩を並べて通りから路地へと進み、その後を一松が従った。さすがに外航船が寄港する湊だ、光圀と長衣の朱が歩いても格別奇異な目を向けるものはいなかった。

一松が驚いたのは町中のいたるところに小さな町道場があって、通りまで夕稽古の気配が伝わってくることだ。

「一松、利根川の対岸は香取《かとり》神宮もあれば鹿島《かしま》神宮もある。東国剣術の誕生の地が近いのじゃ、銚子もその剣術熱が伝わっているのであろう」

と光圀が一松に教えた。

「塚原卜傳《つかはらぼくでん》の鹿島神宮にござるか」

「おおっ、その鹿島よ。偽侍にも塚原卜傳は尊《たっと》ぶべき剣者か」

「なあに、存命なれば一勝負願う仁以外何者でもござらぬわ」

からからと笑う光圀の声が醬油の匂い漂う辻に響いた。

半刻ほど銚子の町をさ迷い歩いた三人は湊への帰路に着いた。路地が湊へと下る坂道で
一松は、
うーむ
と異変を感じ取った。

光圀の行動を監視する目があった。

一松はそ知らぬ顔で光圀の歩みに合わせた。路地から通りに出た。両側を醬油蔵の壁で
囲まれていた。

その先から潮風が吹いてきた。

光圀の足がそちらに向かい、

「一松、客か」

と訊《き》いた。

「いかにも」

「そなたか光圀か」

光圀は、刺客が狙うのは一松か光圀かと訊いていた。

一松なれば薩摩の刺客団だ。

このところ光圀の薩摩牽制もあって、薩摩藩は表立った動きを控えていた。それに一松が江戸を水戸藩の船で離れたことは知るまい。また知ったとしても光圀と一緒のところを襲撃するであろうかという疑いが湧いた。

「まずおれの客ではあるまい」

「そうよのう、そなたの客ではないな。となると光圀の船行は事前に察知されていたか」

「陸路、この銚子に刺客を走らせた御仁がござるか」

「そう考えるのが至当かのう」

光圀はそう言いつつ平然としたものだ。

醤油蔵の通りの中ほどに差し掛かったとき、監視の目が殺気へと変わった。

薄い闇が通りを覆おうとしていた。

「出てこぬか」

光圀が竹杖を闇の一角に突き出した。するとその闇から生ずるように数人の影が姿を見せた。

一松は背後にも同様の刺客が伏せられていたことを確かめた。

光圀ら三人の前後を八、九人の刺客が挟んでいた。

「老公、こちらへ」

光圀と朱舜水を醤油蔵の板壁へと移動させ、その前に一松が立ち塞がった。

一瞬、愛用の木刀を携えていないことに思いを巡らしたが、すぐに敵の動きを注視することに専念した。

「そのほう ら、名乗りを上げられるか」

光圀の問いに無言のまま二組に分かれていた刺客が一つの群れに合し、半円に三人を囲んだ。

その中の一人、塗笠に道中羽織袴の壮年の武士が、

「小野《おの》派一刀流白神孫三郎達道《しらかみまごさぶろうたつみち》」

と落ち着いた声で応じた。

「そなたに水戸光圀暗殺を命じた者はだれか」

光圀の発した問いに、刺客の間に静かな動揺が走った。

一松は、刺客の大半が暗殺すべき人物を知らされていないのだと察した。となれば狙う

は白神ら旅仕度の三人かと一松は狙いを定めた。

「問答無用にございます」

白神が一統に走った動揺を無視して言い切り、羽織を脱いだ。道中姿の二人の剣客がそれを直《ただ》ちに真似た。三人ともが江戸からの使者であることを示して笠を被り、草鞋履きだった。だが、他の六人は笠を被っていない。この近くで雇われた武術家だろう。

「各々方《おのおのがた》、約定どおりに働いてもらう」

白神が厳しい声をかけ、剣を抜いた。仲間の二人が続き、さらに残る六人が渋々と従った。

一松は長船兼光を抜くと頭上に突き上げた。

「愛甲派示現流大安寺一松弾正、お相手致す」

一松の口から低い声が流れ出た。次の瞬間、
きえええっ
という辺りを震わす高声の気合いに変転して、一気に正眼に剣をとった白神孫三郎に向かって間合いを強引に詰めた。

おうっ！

と応じた白神は驚愕《きようがく》した。

光圀に同道する供は巨軀の持ち主にもかかわらず飛鳥のように地表を飛んで、頭上に突き上げた剣を一気に振り下ろしたのだ。

白神は正眼の剣を巡らし、腰を入れて上段からの振り下ろしを弾こうとした。

刃と刃が絡み、火花が散った。

だが、次の瞬間には小野派一刀流の奥伝を持つ剣客の摺《す》り合わせを押し潰すような圧倒的な力が頭上から圧し掛かり、白神の構えた剣を跳ね飛ばし、相手の豪剣が塗笠を被った眉間に叩き込まれた。一気に顔から胸へと唐竹割りに斬り下げられた。

白神が呻き声を上げることもできないほどの迅速果敢な剣捌《さば》きだ。

一松は白神の胸下まで斬り下げた長船兼光を引き抜くと脇構えに移した。白神が崩れるように倒れ込んだ。

その瞬間には一松は横っ飛びに飛んで車輪に抜いていた。

二人目に狙いをつけた一文字笠の武芸者の胴が抜かれて、醬油蔵の壁下へと飛ばされた。笠を被った残る一人は一松の左手にいた。

一松は血に塗《まみ》れた長船兼光を上段に構え直すと、

ちぇーすと！

と叫んでいた。

腹から絞《しぼ》り出された気合いの声が闇と変わった通りを震わし、戦慄《せんりつ》させた。

わああっ

と思わず恐怖の声を洩らした六人がまず逃げ出し、江戸からの刺客と思われる一人はなんとかその場に踏み止まっていたが、一松の視線を正面に受けて、

「ご、御免くだされ」

と思わず洩らし、後じさりに後退するとその場から逃げ出した。

朱舜水の口から異郷の言葉で驚きが洩れたとき、戦いは終わっていた。

翌日の夕暮れ前、水戸家の藩船梅光丸は水戸の外湊、那珂川《なかがわ》河口の磯浜《いそはま》に安着した。そこで一行は水戸家の川船に乗り換え、水戸城下へと漕ぎ上がるのだ。

川船は二隻用意されていたが、一松は光圀の命で光圀が座上する船に乗せられた。同乗するのは朱舜水に佐々木介三郎、安積覚兵衛ら腹心の従者だけだ。

佐々木と安積は船酔いにぐったりとしていた。

「覚兵衛、介三郎、これからも日本諸国を資料収集に歩かねばならぬ彰考館《しょうこうかん》総裁と幹部が情けないではないか」

と光圀にからかわれた。

「ご老公、此度は海が荒れました。佐々木どのとそれがし、一松どののようには参りませぬ」

「偽侍大安寺一松弾正は別格よ」

と上機嫌に笑った光圀が、

「一松、そなた、西山荘まで供をせぬか」

「もはや常陸領内にござれば老公のお命を狙う輩《やから》もおりますまい。それがし、水戸城下まで同道した後、お別れしとうござる」

「江戸に戻るか」

一松は首を横に振り、

「やえが待つ白子浜に立ち寄る所存にござる」

「おうっ、そなたの女房どのが白子浜におったな」

光圀がしばし考え、

「白子にはどれほど逗留《とうりゆう》致すな」

「なんの考えもござらぬ」

「江戸に出るときは西山荘に使いを走らせよ。そなたに用が生じたときは白子浜か、小梅村の蔵屋敷に飛脚を立てる」

光圀は一松を手放す気はないのか、そう言った。

薩摩との戦いを独り続ける一松にとっても水戸の老公の後ろ盾は大きい。互いが互いの力を利用し合うことが改めて約定された。

「承知致した」

一松の目が川船に積み替えられた犬のなめし皮にいった。

「あの皮、どう使われるご所存か」

「あれのう、ちと悪戯《いたずら》心が湧いてな、江戸に送ろうかと思うておる」

安積と佐々木が光圀の言葉に悲鳴を洩らした。

「覚兵衛、介三郎、よく聞け。綱吉様が多くの犬を飼われる由聞いた光圀、さては軍事にお心を寄せ給いたお上が万が一に備え、犬の皮を保管なされしかと感服致した。ところが生類を憐れむあまり、なんと犬を誤ちて傷つけ、殺したる者を死罪になさるという。日本が始まりたる日よりかかる暴挙を触れなす君公がおられたろうか。犬を以《もつ》て人命よりも尊しとは笑うべき所業なり、そう思わぬか」

「はっ、はい」

安積がなんと返答してよいか言葉を詰まらせた。

「覚兵衛、介三郎、明日から水戸城下にて人を困らす野犬、狂犬の類を捕まえる」

「ご老公、それはまたどういうことで」

「人の暮らしを困らす者は人であれ、犬であれ、処罰するのが領地を掌る者の使命であろうが」

と答えた光圀はもはやそのことに触れようとはしなかった。

水戸城下外れにある那珂川の船着場で一行は下船し、光圀一行はそのまま水戸城に入った。

一松はそこで老公と一旦別れることになった。だが、その前に水戸城下の水戸家御用達の旅籠に泊まるように、と一松は安積に耳打ちされていた。

「一松どの、明朝お発《た》ちか」

「そのつもりだ」

「ならば今晩旅籠にお邪魔致す」

安積はそう言い残すと光圀に従い、城へと去っていった。

水戸家御用達の旅籠久慈《くじ》屋《や》で一松が寝に就くかと思案している刻限、安積覚兵衛が姿を見せた。

「一松どの、此度の随行、真にご苦労にございました」

「なんの、この大安寺一松も老公の威光に縋っておる、相身互いよ」

「そう聞けばこの安積の気持ちも幾分落ち着く」

「安積どのは明日からまた書籍の蟲《むし》を驚かす仕事にお戻りか」

「それがそれがしの本業でな。政事《まつりごと》や血腥《ちなまぐさ》いことは苦手にござるよ」

覚兵衛が正直な気持ちを吐露した。

「だが、そなたの主どのは未だその気が残ってござる」

「宮仕えにござる。こちらからお断わりはできぬゆえな」

と覚兵衛が苦笑いした。

「一松どの、これはそなたの働き料じゃ。ご老公が下された」

袱紗《ふくさ》包みが一松の前に置かれた。

「頂戴《ちょうだい》致す」

「よいな、白子浜に飛脚が現われたれば直ぐに命に従ってくだされよ」

と何度も念を押した安積が久慈屋を辞去したとき、四つ（午後十時）の刻限が過ぎていた。

三

大安寺一松は水戸城下を出立して、東国の剣の聖地ともいえる鹿島神宮、香取神宮に立ち寄って詣《もう》でた。さすがに剣術の盛んな土地柄、町を歩くと方々から稽古の気配が通りまで伝わってきた。

一松はそれらの道場を格子窓越しに覗いたが、道場に上がろうとはしなかった。一松が、

「これは」

と思う道場に出会わなかったせいもある。その代わり、鹿島と香取の両神宮を深夜密《ひそ》かに訪ねて、おのれの技芸を奉献した。

一松は光圀が認めてくれた愛甲派示現流を奉献することで、生涯修行者の心構えを己に命じたつもりだった。

のんびりとした旅のせいで、九十九里の白子浜に姿を見せたのは水戸を出て三日目の夕暮れ前だ。

銚子湊から九十九里の浜にかけて荒い磯風が吹いていた。烈風は砂を巻き上げ、容赦な

く浜を歩く一松の巨軀を襲った。

一松は顔を手拭で覆い、菅笠の紐をしっかりと顎の下で結んでいたが、砂塵《さじん》混じりの風はびしびしと巨軀を叩いた。だが、一松の歩みは変わることはなかった。その肩にはいつものように愛用の木刀が担がれ、背には風呂敷包みが負われていた。

行く手を小さな川が遮《さえぎ》った。南白亀川《なばきがわ》だ。

一松は川にそって浜から松林へと上がり、土橋を越えた。

烈風が松林に遮られて弱まった。網の干された漁師の家では夕餉の炊煙が上がり、茶色の犬が一松の風体を窺うように見ていた。だが、巨軀に恐れを抱いてか、吠え掛かろうとはしなかった。

白子の里を西外れにまで歩くと、疎《まば》らな松林の中に明かりが見えた。

やえの実家だ。

この家にはやえのばあ様のたつ、母親のしげ、それに次男の良太《りょうた》ら四人の弟妹が住み暮らしていた。良太の長兄兼松《かねまつ》は屋形の浜の網元の家に住み込み奉公に出ていた。

家の前に小さな影が動いていた。その一つが立ち上がった。ひょろりとした体つきだ。

一松が顔に覆った手拭を剝《は》ぎ取り、

「良太！　はま！」

とやえの弟妹たちの名を呼ぶとひょろりとした影が振り向き、夕闇を透かしていたが、

「一松兄さか、一松兄さだなあ！」

と叫び返してきた。

「おうっ、一松が戻ったぞ」

良太が一松に走り寄ろうとして急に身を翻し、家の裏手へと走りこんだ。

残されたやえの幼い弟妹は一松に走り寄ってきた。

「はま、太吉《たきち》、かめもおるか」

木刀をその場に投げた一松は膝を折り、やえの幼い弟妹たちを抱き止めた。一番小さなかめはやえの父親が亡くなった年に生まれてようやく四つになったばかりだ。

「一松兄さ」

七つの太吉がうれしそうに一松の髭《ひげ》面を撫《な》でた。

「覚えておったか」

「忘れるもんか」

「よしよし、土産《みやげ》を買うてきたぞ」

太吉らが歓声を上げたとき、良太が戻ってきた。その後ろには伸びやかな女の影があった。

やえの足が止まり、一松を確かめるように闇を透かし見た。

「やえ、おれじゃあ。一松じゃぞ」

「やっぱり一松様じゃあ」

良太に背中を押されたやえが猛然と走り寄ってきた。

「待っておれ」

三人の弟妹に言うと立ち上がった。

立ち上がった胸にやえの伸びやかな肢体が飛び込んできた。

一松も両腕に抱き留めた。懐かしくも芳《かぐわ》しいやえの匂いが一松の鼻孔いっぱいに広がり、両腕にひしと抱き留めた。

「一松様」

「やえ」

二人は大きな体を一つにして抱き合い、互いの顔や体を五体で受け止めて再会の喜びを爆発させた。

騒ぎに表に出てきたばあ様が、

「ありゃありゃ」

と驚きの声を上げ、二人はようやく体を離した。

「あられもねえぞ、やえ」

「ばあ様、一松様が戻ってこられたのじゃあ、惚《ほ》れあった同士が抱き合うてなにが悪かろう」

「やえ、一松さんは旅をしてこられたのじゃぞ、まずは家に招じ上げて一休みしてもらうのが、先じゃあ先じゃあ。抱き合うのはその後にな、好きなだけせえ」

「ばあ様の申されるとおりかな」

やえが素直に従い、実家へと連れ込もうとして思い当たったように手を取った。

「大事なことを忘れておった、一松様」

やえはぐいぐいと一松の手を引いていった。二人に幼い弟妹が従おうとしたが良太とばあ様が止めた。

やえは一松を、やえの実家の隣の松林の中に建つ破れかけた一軒家に案内した。

竹垣に柱二本が建てられた門を入ると、小さいがどっしりとした家が見えた。古家だが藁葺《わらぶ》きの屋根も土壁もしっかりと手入れがなされ、玄関の格子戸も磨き上げられた様子が窺えた。

家の四周に庭もあるようだ。

「一松様、そなたの家にございます」

「なにっ、おれの家とな」

一松は納屋を壊して、小さな家が建てられたかと考えていた。

「はい。一松様から頂いた金子にて網元の玄平《げんぺい》様から古屋敷を買い取り、手を入れさせました」

「おれとやえの家か」

「納屋を壊すより、立派な屋敷が手に入りました。気に入られませぬか」

「中間の子が屋敷持ちか、途方もない話よ」

やえを再び両腕に抱いた一松が、

「やえ、ようやった」

と褒《ほ》めた。

「一松が家持ちとは出世したものよ。銭は足りたか」

「まだ十両ほど余っております」

と答えたやえが一松の顔を撫でて言った。

「家の中を見てくだされ」

一松はまず高い天井と広い土間《たたき》が気にいった。黒光りした梁《はり》も柱も太く、頑丈そうだった。上がり框も太い角材で造られ、やえの仕事か、ぴかぴかに磨き上げられていた。土間の一角にはふじつぼがこびりついた大甕《おおがめ》が置かれ、大枝の寒椿《かんつばき》が生けられていた。

「ささっ、どうぞ」

一松は菅笠の紐を外し、草鞋の紐を解いた。裾を払って長船兼光を抜くと、やえが両手で受け取った。背の風呂敷包みを下ろし、上がり框から上がった。

ちろちろと薪《たきぎ》が燃える囲炉裏《いろり》が切り込まれた板の間は、使い勝手がよさそうな台所に接していた。

「一松様、あの円座《えんざ》にはまだだれも座ってはおりませぬ。この家の主様の座にございます」

「おれの座か」

「はい」

一松は木刀を抱えて莫蓙《ござ》の円座に座った。その背にあたる大黒柱の上には神棚が祀《まつ》ってあった。

板の間に続いて一段上がったところに畳座敷の八畳と十二畳の二間が続き、海側に一間廊下があった。広座敷には床の間があって、ここにも山茶花《さざんか》が紅淡色の花をぼってりと見せていた。

やえが刀掛けに長船兼光をかけた。

「脇差を」

「おおっ」

と答えた一松は愛甲喜平太譲りの無銘の脇差をやえに差し出した。

刀掛けに大小が揃い、床の間が武骨にも納まった。

一松は木刀も刀掛けの下に置いた。

「一松様、中二階は広々とした板の間にございます」

「過日、白子に滞在した折はそなたとおれ、隙間《すきま》風の吹く納屋に藁布団で抱き合って寝たな」

「悪いことを致しました」

「なんの、そなたがいれば野天でも馬小屋でも構わぬわ」

「一松様、明日の朝が見物《みもの》でございます」

「なんだな」

「それは後の楽しみにございます」

一松は畳の匂いがする座敷に立ち、

（大安寺一松が屋敷持ちじゃぞ）

と感慨に耽《ふけ》った。

「おおっ、そなたに土産があるぞ」

懐に大事に仕舞いこんでいた油紙の包みを出した。

「なんでございますか」

「見てみよ」

油紙を丁寧に広げ、折られた半紙を広げたやえが、

「まあっ、一松様が梅の木の下で達磨様のように座禅を組んでおられますよ」

「添え書きを読んでみよ」

やえは古利根川のほとり東一之江《いちのえ》村の高台にある尼寺連雀院《あまでられんじゃくいん》の庵主清泉尼《せいせんに》から読み書きの手解きを受けて、今では自在に読みこなし、手紙を認《したた》めることもできた。

「なんと一松様のご流儀、だれぞが認めてくれましたか」

と呟いたやえの声が途切れた。

「梅里宰相光圀、まさか……」

「おおっ、ご老公がおれの前で認められた追認状よ」

「なんと水戸光圀様が」

「ご老公の江戸入りから水戸の帰着までおそばで御用を務めて参った」

「一松様の剣が天下に知れ渡る瑞祥《ずいしょう》にございます」

「やえ、おれが携帯していても致し方ないわ。やえが持っておれ」

「なにかの場合は一松様がお持ちになっていてこそ役に立つ書状にございましょう」

「剣は力よ、技よ。光圀様の追認状など生死の境でなんの役に立つものか。この家に置いておく」

一松が言ったとき、

「姉さ、一松兄さに湯に浸かってもらえと、おっ母さんの言づけだ」

と良太が顔を出した。

「良太、酒はあるか」

一松の問いにやえが、

「いつお帰りになられてもいいように買ってありますよ」

と答えた。

やえが台所から角樽《つのだる》を出して良太に持たせた。

やえは一松のために用意した浴衣《ゆかた》やどてら、下帯などを持って実家に戻った。一松も一緒だ。

「兄の兼松を見習い、良太は働き始めました」

「漁師船に乗っておるか」

「網元九重平《くじゅうへい》様の船に乗って毎朝九十九里の海に出ています」

「どうりで体がしっかりとしてきたわ」

「一松様」

「なんだ」

「いつまでやえのそばにおられます」

「先のことは考えとうはない。やえ、そなたのそばにおられるときはそなたのことだけを考えていたい」

やえが頷《うなず》いた。

一松が五右衛門《ごえもん》風呂《ぶろ》で旅の汗と埃《ほこり》を流し、実家の板の間に行くと一家六人とやえが顔を揃えていた。囲炉裏の自在鉤《かぎ》には鉄鍋がかかって、磯の香が火の周りに漂っていた。

「白子名物磯鍋をおっ母さんが大急ぎで、作ってくれました」

子供たちの皿には煮鰯《にいわし》が載っていた。夕餉の菜は鰯だったのだ。それを一松のために磯鍋を仕立ててくれたとみえる。

「おっ義母さん、面倒をかけた」

「なんのことがあろうか。鍋も出来上がった、一松さんに差し上げよ、やえ」

「一松様はまんず酒だよ、おっ母さん」

やえが茶碗を一松の手に渡し、酒を注いだ。

「頂戴しよう」

口に含んだ一松は思わず、

「うまい」

と洩らしていた。

「酒は当たりましたか」

「酒もさることながら、気兼ねが要らぬのがなによりよ」

「この家は一松様の家同様」

やえも嬉しそうだ。

「おっ義母さん、おれの弟妹らに磯鍋を食べさせよ。おれはまず酒を頂戴するでな」

「子供には菜がありますよ」

「なあに賑やかに食することがなによりのもてなしよ、馳走だ。やえ、装《よそ》ってやれ」

良太たちがわあっと歓声を上げた。

一松は陶然とした酔いの中で松籟《しょうらい》を聞いていた。

九十九里の海から吹き付ける砂混じりの風が松の枝を叩く音、これほど耳に心地よく響いたこともない。

（おれには女房がいて、家がある）

なんとも不思議な感じがした。

一松が物心ついた摂津三田藩の大名家の中間部屋は男だけの暮らしで、二本差しの武家に頭ごなしに奉公を強いられているだけに、殺伐としたところだった。飯は座って食べたことなどない。台所の隅で、飯炊きが丼に装った麦飯に、味噌汁の残りや魚の煮汁がかけてあるものを掻き込んだ。

飲む、打つ、買うの話ばかりで、潤《うるお》いなどあろうはずもない。

家族の情や母の温もりなど知らずに育った悪松が今、自分の家の座敷に敷きのべられた夜具の上に六尺三寸の身を横たえていた。

胸の中にほのかな明かりが点っているようでなんとも安心だった。

松が鳴った。

屋根の下にいることがこれほどうれしいことだとは……いつの間にか、一松は眠り込んでいた。

「一松様」

やえの声に目を覚ました一松は、湯上がりのやえの体から漂う香りに勃然《ぼつぜん》とした欲望を生じた。

顔を起こすと、有明行灯の明かりに湯に上気したやえの顔が浮かんだ。

一松は手を差し伸べ、やえの太股《ふともも》に置いた。

ぞくり
とした衝撃が体じゅうを駆け巡った。

「やえ」

「一松様」

一松の手が寝巻きの裾を割ってやえの太股の間に伸びた。

「あれっ」

やえは五尺五寸（約一六七センチ）と大きな身丈を有していた。千住掃部《かもん》宿の飯盛旅籠に売られた後もこの体ゆえに客がつかず、自らも背を丸めて低く見せようと卑屈な生き方をしてきた。

一松はこの伸びやかな肢体に心を惹《ひ》きつけられた。なにより無垢《むく》な心と掌に吸い付くように滑らかなやえの肌に惚れた。

やえは一松と出会い、卑屈な心を捨てた。大きな一松のそばにいるとやえは子供のようで、自分の身丈を忘れた。

一松の指がやえの秘部の繁みに触れた。

やえの体が一松のかたわらに崩れ落ちた。その瞬間、二つにぴったりと閉じられていた太股が離れた。

指先が繁みを割るとやえが呻いて、伸びやかな体を一松の下に晒した。

一松は浴衣を脱ぎ捨て、下帯を取り去った。そして、やえの寝巻きも剝《は》いだ。

二人は真っ裸で見合った。

「やえ、今宵は夜明けまでそなたの声を聞いていたい」

「どうなさるのです」

「こうじゃあ」

一松が自らの五体をやえの肉体に重ね合わせた。やえが両腕を差し伸べ、一松の背に回した。

一松の唇がやえの尖った乳頭を咥《くわ》え、しなやかな体が仰《の》け反《ぞ》った。そして、舌先がゆっくりとやえの柔肌を這い回り始めた。

「い、一松様、やえの体はもはやおかしゅうございます」

「狂え、狂え。おれも狂おうぞ」

長い夜が始まった。

四

暁闇《ぎょうあん》の九十九里に漁《いさ》り船が沖を目指していた。波を乗り越えるたびに舳先が虚空へと跳ね上がり、次の瞬間には海底へと引きずり込まれるように沈降した。その上昇と下降を繰り返しながら、沖合いの漁場へと辿《たど》り着いた。

一松は義弟良太の雇われる網元九重平の支配下の賄《まかない》船に乗船していた。

朝早く仕事に出ようとする良太に木刀を提げただけの一松が、

「良太、おれも連れていけ」

と命じたのだ。

「網元の旦那がどういうかな」

と良太は案じたが九重平は、

「おまえ様がやえの旦那か。漁り船に乗りてえって。乗りなせえ乗りなせえ」

と二つ返事で応じてくれた。

一松はそのとき気づかなかったが、やえは日光《にっこう》の水戸屋敷から白子浜まで水戸家の家中の者に送られて戻っていた。その家中の者が白子浜の名主や網元に、

「やえの旦那の大安寺一松どのは、水戸老公の関わりの者である。大安寺どのの留守の間は一家の面倒を頼む」

と言い残していた。

この界隈《かいわい》で水戸のご老公の威光は絶大であった。

そのせいで男主のいないやえの一家を、白子浜古所の年寄たちが陰ながら面倒を見ることになったのだ。

若いやえが家を購《あがな》えたのも水戸藩の心配りがあってのことだ。

九十九里の地曳《じび》きの起こりは古く戦国時代という。

江戸期、南総太東崎《たいとうざき》から北総銚子の犬吠岬まで二百帖の網が許されていたという。この地曳き漁に網元三百余家、漁師四万余人が携わっていた。

白子浜古所にも三帖の網が許され、九重平もその一人だ。

九十九里の地曳き漁は、九重平のような網主から全権を託された賄《まかない》と呼ばれる総支配頭が集落じゅうを掌握して漁にあたった。

まずその支配下に、沖合《おきあい》、岡者《おかもの》、岡働《おかばたらき》と三つの頭分がいた。

沖合は船を走らせて網を仕掛ける中乗《なかのり》、船頭、平水主《ひらかこ》を従え、曳子の岡者の下には水主の妻子、老人、時には土地の百姓が加わっていた。

岡働とは船方を務め上げた漁師が隠居して網の修繕や保管にあたることを意味し、その支配下の炊は漁のときの炊事、納屋番を務め、水主や岡者の呼び出しにあたった。上納屋に務める水懸ヶ役は地曳き漁の雑用すべてを引き受けた。

かように一帖の網には大勢の里人が携わって漁に勤《いそ》しみ、暮らしを立てていた。

九十九里の地曳き漁が日本一と称されるのは遠浅の海と、その沿岸に群れる鰯の豊富さにあった。網でかかった鰯は食用よりは干鰯《ほしか》、〆粕《しめかす》など肥料にされて江戸近郊の農家を始め、関八州に売られた。

一松が乗る船は沖合、指揮船だ。

良太は船頭と呼ばれる網船に乗船していた。

九十九里の沖合いに網が入れられ、沖合の指揮で大きな壺状に絞り込まれていく光景は何とも豪快だ。さらに浜に待機する岡者へと大網の両端の太綱が渡され、曳子たちが、
せいのせいの
と絞り込んでいく作業は九十九里の朝の風物だ。

一松は船頭の下で働く見習いの良太の動きを望遠した。まだひょろりとした体付きの少年が船上を機敏に飛び回って働いているのが見えた。

（これなればなんとか一人前の漁師になるのもそう遠いことではあるまい）

と安心した一松は波にもまれる船上から九十九里の鰯漁を存分に堪能《たんのう》して、浜に戻った。すると曳子の岡者たちが巨大な網を一気に浜に引き上げたところだった。

朝の光の中に鰯の銀鱗《ぎんりん》が躍っていた。

「なかなかの大漁じゃな」

一松の洩らした言葉に、

「一松さんよ、元禄に入ったあたりから鰯が少なくなってのう、網主様もわしらも案じておるところよ」

と沖合船頭が応じたものだ。

「これで不漁か」

「鰯は干せば少なくなるでな、干鰯《ほしか》にするには大量にいるだよ」

「そんなものか」

一松は木刀を抱えて浜に飛んだ。すると曳子の中からやえが走り出てきた。

「良太の働きぶりを見ましたか」

「見たぞ、なかなか機敏に働いておったわ。そのうち兄さの兼松同様一人前の水主になろう」

その一松の言葉に沖合が、

「一松さんよ、やえさんよ、良太は、まだまだ無駄な動きが多いな。まあ、二、三年もすれば親父や兄さの跡を立派に継げようかえ」

と笑った。

地曳き網の中には鰯の他にいろいろな魚が混じり込んでいた。

曳子たちはそんな魚を分けて貰う権利があった。その朝、やえの一家は寒鰤《かんぶり》を分けて貰った。一松が戻ったのが知れ渡り、賄の道造《みちぞう》が気を利かしてくれたのだ。

「一松様、腹が空《す》かれたろう、朝餉じゃぞ」

一松とやえは浜から上がり、松林の家に戻った。すると縁側の雨戸が開け放たれ、松林越しに今までいた九十九里の海が望めた。

赤く燃え上がった陽光が松林の上にあった。

一松は黙って松林と砂浜とその先に広がる海を見詰めた。

「これはなかなかの光景かな」

やえが朝になれば分かると言った言葉の意味を今悟った。

「どうです、一松様」

やえが得意そうに愛らしい顔を一松に向けた。

「おれの家から海を独り占めか」

「はい」

「やえ、夢ではないか」

やえがそっと一松のそばに寄り添った。一松はやえの体を抱き締め、

「夢ではないな、やえ」

と再び念を押した。

「夢ではございませぬ」

「昨夜、そなたとまぐわったのが夢でなければ、今見る光景も夢ではなかろう。消えるでないぞ、やえ」

「なんということを申されますか。一松様の愛撫の痕はやえの体じゅうに残っております。すべては現《うつ》し身のことにございます」

一松は両腕にしっかりとやえを抱き締めた。

「千住宿で一松様にお会いしてやえの暮らしが変わりました。一松様、礼を申します」

「いつまでもこのままにな」

頷いたやえがそっと一松の腕を解くと、

「さあ、朝餉にいたしましょうか」

と誘いかけた。

一松の白子浜古所の暮らしは師走《しわす》に入っても穏やかに続いた。

そんなある日、一松とやえの家を網主の九重平と賄の道造の二人が訪ねてきた。

「網主の旦那に賄さん、御用ならば使いを立ててくだされば済んだものを」

とやえが恐縮した。

網主や賄は白子浜の旦那衆、やえの家とは格が違った。

九重平は初老に差し掛かり、鬢も白かった。道造は赤銅色をした顔とがっちりとした体格で、年は三十七、八歳か。働き盛りの精悍《せいかん》さを全身に滲《にじ》ませていた。

「やえ、そなたの旦那に頼み事でな」

「一松様に」

「一松様は滅法《めっぽう》腕が立つと聞いておる。やえ、その腕を借りたいのだ」

やえが困った顔を囲炉裏端の円座に座る一松に向けた。

「事情を話されよ」

やえの一家が暮らす土地の旦那衆の頼みだ、それがなんであれ断わるわけにもいくまい
と一松が訊いた。

「この数年、鰯が段々と少なくなっておりましてな」

と九重平が言った。

船上で沖合に聞いたことだ。

「干鰯の値段が吊り上がっておりますので、なんとかやりくりしておりますのじゃあ」

と前置きした九重平が、

「干鰯の取引は昔から上総一ノ宮の玉前《たまさき》神社にて、江戸の商人と行なうのが習わしでしてな、今年もその時期が巡ってきましたのじゃあ。江戸の商人が二年ほど前に代替わりしましてな、ちと問題がございます」

と九重平が苦々しい顔をした。すると眴の道造が、

「江戸の商人と申しますのは日本橋《にほんばし》の魚河岸近くで店を構える安房屋《あわや》徳三《とくぞう》です。白子浜の網元は昔からこの安房屋と取引きして参りました。先代がふいに亡くなり、世子がいないこともあって内儀と番頭が所帯を持って店の跡を継いだのです。この元番頭の佐蔵《すけぞう》というのがやり手というか、ちと阿漕《あこぎ》な商売をやりおりましてな、去年など四、五人の用心棒を連れてきて、わしらを威嚇《いかく》して値を強引に抑えさせましたのじゃあ。今年も絶対に同じ手

できます」

「そこでじゃあ、一松様を同道してな、睨《にら》みを利かしていただきたいのでございますよ」

再び九重平に代わり、用件が終わった。

やえが一松を見た。

「玉前神社の取引はいつか」

「それが今宵なんでございますよ」

なんとも俄《にわ》かな用事だった。

「一松様」

と心配げなやえの声に一松が頷き、

「承知した」

と答えていた。

白子浜から上総一ノ宮玉前神社まで二里（約八キロ）とない。

師走十五日夕暮れ六つ（午後六時）、玉前神社神殿前で江戸の商人安房屋佐蔵と番頭の又ヱ門《またえもん》、それに道中の安全に備えると称して連れ歩く用心棒六人が二人の商人の背後に陣取って威嚇し、白子浜の三人の網主らと対面した。

一松の姿はその場にはなかった。

「今年もまた玉前神社の神殿に額《ぬか》ずき、商い更新の時期が参りました。宜《よろ》しゅうお願い申します」

と佐蔵が話の口火を切り、

「近年干鰯の取引がなかなか難しゅうなりましてな、昔ほどに九十九里ものが売れませぬ。そこでちと浜の衆にお願いがございますのじゃあ。今年、安房屋が買い上げを約定しました値から二割ほど差し引いての決済でお願い申します」

と一方的に言い出した。

「安房屋の旦那、去年の決め事は決め事にございますよ、あの時も値をかなり低く見積もられて、わっしら網主は我慢したのです。それからさらに二割とはちと阿漕にございますよ」

「おや、九重平さんは不服と申されますか」

佐蔵がじろりと睨んだ。

「不服もなにも商いの決め事を一方的に破るのは無理というもんですよ、佐蔵の旦那」

「ですから江戸の商い事情が変わったと申し上げましたぞ」

「旦那、先代の頃はかような無理は絶対に申されませんでしたよ。わっしらも板子《いたご》一枚下は地獄の九十九里の荒海に船出して働いてきたんですよ、そうそう去年の取り決め値から二割減らせはねえでしょう」

九重平の言葉に他の網主も賄も同意した。

「承知していただけない」

「旦那、商人と網主の約定ですぜ」

双方が睨み合い、火花が散った。

「九重平さん、おまえさんとは今後取引できませんと申し上げましょうかな」

「ならばわっしらも安房屋との取引を止めましょう」

腹に据えかねたという語調で九重平の仲間の網主が言い切った。

「安房屋から他の商人に乗り換えるといわれるか」

「致し方ございません」

一同が同意するように首肯した。

ずいっ

と安房屋佐蔵の後ろに控えていた用心棒のうち、どう見ても堅気《かたぎ》とは思えない男が身を乗り出してきた。

片手を懐に突っ込んだまま、

「安房屋の旦那がことを分けて願っておられるんだぜ。どうだえ、おめえらも海からただで頂いている鰯じゃねえか、納得しねえな」

と低い声音《こわね》で言い、九重平らを睨んだ。

「安房屋さん、脅したって去年のようにはいきませんよ」

九重平の答えに男が懐手を抜いた。その手に抜き身の匕首《あいくち》があった。

ぶすり
と神殿の板の間の床に切っ先を突き立てた男が、

「おれにさ、血を振りまかせるような真似をさせないでくんな」

とさらに脅しの文句を連ねた。

「いかに脅されようとわっしらも暮らしがかかってますんでねえ」

九重平も必死の抵抗をした。

「安房屋の旦那、島帰りの新三郎《しんざぶろう》が申し上げてもどうやら分かっていただけないようですぜ」

と後ろを振り向くと、新三郎の仲間のうち、剣客二人が立ち上がった。

新三郎が板に突き立てた匕首の柄に手を置いた。

そのとき、九重平の背後から一松が気配もなく姿を見せて、柄にかけた新三郎の手の甲を足で踏み付けた。その右肩には愛用の木刀を担いでいた。

「な、なにをしやがんだ!」

新三郎は手を引き抜こうとしたが、びくとも動けない。

「おまえさん、なんですね」

と安房屋佐蔵が一松の巨体を見上げた。

「安房屋、商いは九重平の旦那が申されるとおり、口であれ紙であれ、互いに約定を守るのがまず先決よ。去年、この神殿で取り決めた値、びた一文欠けても商いとは申せまい」

「先生方」

佐蔵の声にすでに立ち上がっていた二人の剣客が抜刀した。

「玉前神社を血で汚すのはちと恐れ多い。外に出ぬか」

「糞《くそ》っ!」

と罵《ののし》り声を上げた新三郎が匕首の柄頭と一松の足の裏に挟まれた手を強引に抜こうとした。

一松の足が上がり、新三郎が、

(やった!)

とばかりに匕首を引き抜いた。

その胸に一松の外された足の甲が蹴り込まれ、何間も後方に吹き飛んだ新三郎は悶絶《もんぜつ》した。

「出よ!」

新三郎の仲間の二人の剣客とやくざ者三人が玉前神社の境内へと飛び出した。悠然と一松がその後を追い、両者は拝殿前の石畳の上で対峙《たいじ》した。

間合いは一間半(約二・七メートル)。

愛甲派示現流を遣うには間合いが短過ぎた。

一松は木刀を振り上げつつ、石畳に片膝を突いた。

「船中不動斬り」

を遣おうと考えたのだ。

巨軀六尺三寸が片膝を突いたことで低くなり、多勢ということもあって安房屋の用心棒たちの間に優越の気持ちが生じた。

一松は四尺五寸の木刀を頭上に突き上げ、腹に力を溜めた。

剣客の一人が正眼の剣を胸元に引き付け、もう一人が突きの構えから一松の喉を狙った。

けえええっ!

怪しげな気合いが響き、一松の片膝立ちの体が伸び上がりつつ虚空に二尺ほど浮いた。

同時に二人の剣客が一松の左右から飛び込んできた。

ちぇーすと！

一松の木刀はまず左手に振るわれ、電撃の速さで額を割ると石畳に着地し、右手にいた相手の胴を狙って変転した木刀が、
ぐしゃり
と脇腹を叩き潰して横手に飛ばした。

一瞬の技を前に二人の剣客が転がされていた。

玉前神社に戦慄が走った。

一松が片膝から立ち上がった。

「どうするな、そなたら」

新三郎の仲間のやくざは恐怖に立ち竦んでいたが、
わあぁっ
と叫び声を残すとその場から逃げ出した。

一松が振り向いた。

その視線の先に安房屋佐蔵がいた。

「安房屋、去年の値を思い出したか」

「はっ、はい」

「今年の値はちと高いぞ、よいな」

「は、はい」

「網主どの、安房屋は正気に返ったようだ」

一松の声が闇に響いた。

第四章　成田山初詣《なりたさんはつもう》で

一

元禄五年の年も残り少なくなった。

天涯孤独だった一松は今や白子浜の屋敷でやえとその家族に囲まれ、ぬくぬくとした暮らしを続けていた。上げ膳据え膳、稽古をするだけが体を動かすときだ。時に思いついて地曳き網に加わったが一松にとっては遊びのようなものだ。

（このような平穏な暮らしがいつまでも続くわけがない）

物心ついたときから周りを窺い、緊張の時を過ごしてきた一松の本能が教えていた。

（なにかが起こる、となれば……）

大晦日《おおみそか》が二日後と迫った夜、一松がやえに言った。

「やえ、旅をせぬか」

「白子の暮らしに飽きましたか」

「違う。そなたを成田山初詣《なりたさんはつもう》でに連れていきたいのだ」

「成田山新勝寺《しんしょうじ》様にですか」

やえが微笑《ほほえ》んだ。

「参ったことがあるか」

「いえ」

やえが顔を横に振り、一松と一緒に行った日光の道中を楽しく思い出していた。

「いつにございますか」

「明日にも。白子浜から成田まで急げば一日で行こう。だが、急ぐ旅でないわ。朝、おっ母さん方に断わり、ゆっくり出立すればよい」

「ならば仕度を致します」

破顔したやえが慌しく旅仕度を始めた。

「やえ、手形代わりに老公の書付を持参しようか」

一松は佐倉《さくら》街道に面し、水戸家中の往来も多い成田の旅に追認状を持参することにした。

翌朝、一松とやえは九十九里沿いにまずおよそ五里（一九・七キロ）先の蓮沼《はすぬま》の浜を目指した。そこから海と別れ、芝山《しばやま》村を通過して成田までは一直線だ。

一松の足ならば一日で悠々と辿りつける旅程だった。が、やえのためにあちらの漁村、こちらの浜と見物しつつののんびり道中となった。

一日目は蓮沼の浜から北に入った松尾《まつお》の里の旅人旅籠に草鞋を脱いだ。

「明日は成田山までせいぜい六里と残っておるまい」

田舎宿の旅籠の囲炉裏端で一松がやえに話しかけると、先客の旅商人が、

「ご夫婦で成田詣でですかえ、うらやましい」

と会話に割り込んできた。

江戸からきたらしい男にやえが曖昧に頷く。

「そなた、江戸に戻る途中か」

「いやさ、師走だというのにこれから旅回りの商いでさあ。まずは銚子湊で年越しです」

と答えた。三十五、六か、日焼けした顔が旅暮らしを物語っていた。

「成田詣でなら仰《おつしや》るとおり六里ほどだ。わっしは成田の得意先を回り、昼前に向こうを発ったんで、楽旅ですぜ」

「やえ、明日の夕暮れ前には成田山の門前町に着こう」

と言いかける一松に商人が、

「旅籠は取ってございますかえ。初詣での参詣客《さんけい》が成田に結構入り込んでおりますからな、飛び込みとなると難しゅうございますよ」

と注意した。

「なにっ、初詣での客が成田不動尊に詰め掛けておるか」

「年々客足が増えているということですぜ」

やえが不安げな顔を一松に向けた。

「わっしら、行商人が泊まる木賃宿《きちんやど》がございますがな、おそらくそこも正月ひと稼ぎしようという万歳師や猿回しで溢《あふ》れておりましょう。それでも屋根の下にはなんとか泊まれましょう」

と宿の名を教えてくれた。

成田不動尊新勝寺が世に知れる切っ掛けは江戸への出開帳《でがいちょう》を繰り返し、寺名の普及と宣伝にこれ努めたせいだ。

江戸の初見えは元禄《げんろく》十六年（一七〇三）、最後は明治三十一年（一八九八）の深川《ふかがわ》出開帳であった。この間、百九十五年に十五回の出開帳が繰り返されたという。

それに加えて歌舞伎《かぶき》の市川《いちかわ》家とのつながりがあった。

初代市川団十郎《だんじゅうろう》が江戸を初めて沸《わ》かせたのは延宝《えんぽう》年間（一六七三〜八〇）、この初舞台で荒事《あらごと》を演じて見せた。

荒事とは超人的な動きを芝居でさらに誇張し、あるいは様式に変えて見せる独創的な演出であった。紅と墨とで顔に派手な隈取《くまどり》をした団十郎の爽快《そうかい》な荒事が江戸の人々の心を鷲《わし》づかみにした。

団十郎の先祖は甲州の出といわれ、北条氏康《ほうじょううじやす》の家臣として小田原《おだわら》の戦いに負けた後、成田の近郷幡谷《はたがや》村に移り住んで郷士になったという。

その後、慶安年間（一六四八〜五二）に江戸に出たと推測された。

初代団十郎の父の重蔵が江戸の芝居町に近い和泉《いずみ》町に住み、俠客唐犬十《きょうかくとうけんじゅう》右衛門《えもん》の知己を得た。団十郎が生まれたとき、唐犬が名付け親になり、海老蔵《えびぞう》と命名したという。

初代団十郎は子宝に恵まれずひたすら不動尊を念じて、九蔵（二代目団十郎）を授かった。それが切っ掛けで不動尊を取り入れた芝居を演ずるようになり、元禄十五年五月、中村《なかむら》座で演じた『兵《つわもの》根元《こんげん》曾我《そが》』の三番目の幕切れで初代が成田不動明王を、二代が「つうりき坊」を荒事で演じた。

この不動明王が大当たりして、成田近郷近在から江戸へ人々が芝居見物に押しかけたという。

成田山新勝寺と市川団十郎の深くて長い因縁がかくて始まった。

ともあれ、両者の関わりができるのは元禄十年のことだ。

一松とやえが明日の宿を案じる元禄五年の年の瀬にはまだ成田不動尊の名は江戸にそう流布しているわけではなかった。

一松が気楽にも成田詣でに誘った理由でもあった。

「まあ、よい。明日は明日の風が吹こう」

と一松が言い出し、

「そうですね。一松様とご一緒です。寺の軒でも一夜くらい過ごせます」

とやえも覚悟を決めた。

「信心はそのくらいの強い気持ちが要りますよ」

と商人も口を添え、

「おかみさん、それだけご苦労なされば不動明王様もお聞きくださいましょうよ、子宝間違いなしですぜ」

と二人が考えもせぬことを言い足した。

「まあ」

やえが顔を赤らめた。

翌朝、七つ立ちに松尾の旅籠を発った二人は、見物するところもない山道をひたすら成田へと進んだ。

佐倉街道の酒々井《しすい》の辻で、商人の話が大袈裟《おおげさ》でないことを知らされた。あちらこちらの街道から続々と成田山新勝寺の宿場町寺台《てらだい》に向かい、初詣での客が詰め掛けていた。

「あやつが大仰に言うと思うたが、ほんとのことであったか」

「一松様、野宿でしょうかな」

「やえ、ちとこの一松に思案がある、心配致すな」

と一松がなにを考えついたか、胸を叩いた。

「あの方が申された木賃宿に参りますか」

一松が顔を横に振り、新勝寺門前の入口の寺台宿で江戸からの客の迎えに出ている番頭に何事か尋ねた。

「一松様、なんぞ思案が立ちましたか」

「さて、どうかのう」

一松が人の波に揉《も》まれながらやえを連れて行ったのは成田不動新勝寺の山門の真ん前、本陣のような構えの旅籠印旛屋《いんばや》だった。

「許せ」

女連れの上に木刀を担いだ武芸者の訪《おとな》いに番頭がぎょっとした顔をした。

「この旅籠は御三家水戸家の御用達と聞いたがさようか」

「いかにも水戸藩にはお世話になっております」

「一夜の宿を願いたい」

「お侍様、水戸家のご家中で」

番頭が腹の中でこの若造浪人がと、せせら笑う風情で訊いた。

「いや、水戸家中のものではない」

「なにしろ今宵は大晦日、明日の初詣でには江戸からも常連客がお見えになっておりましてな、宿は一杯で急に参られても無理でございますよ」

と断わりを言った。

「番頭」

一松は懐に入れていた油紙の包みを出して解き、半紙を番頭に突き出した。

「道中手形を見せられましても今宵ばかりは」

「目を通せ。その上でそなたの返答を改めて聞こうか」

訝《いぶか》しい表情をした番頭が半紙を広げ、岩に座す一松の絵を見て、一松の顔を再び確かめ、

「はて、これが」

と言いながら光圀が認めた文字を読んで、
ごくり
と唾を呑み込んだ。

「大安寺一松様とは」

「おれのことだ」

「大安寺様、これは真にご老公直筆にございますか」

「疑うか」

「いえ、そういうわけではございませんが、ちとお待ちを」

迷った風の番頭は半紙を持ったまま奥へと駆け込んだ。

水戸光圀の書付を粗略にしたとあっては御用達の旅籠の番頭の首が飛ぶ。偽書ならばさらに厄介《やっかい》だ。

「一松様、ご老公の書付が物を言いましょうか」

「さてのう」

二人が待つうちに番頭が戻ってきて、書付を手にした宿の主らしき人物ともう一人の武家がその後に従っていた。武家が一松の姿を見るや、

「おおっ、やはり大安寺一松様でしたか」

と叫んだ。

一松は曖昧にだが、その顔に見覚えがあった。

「それがし、江戸小梅村水戸藩蔵屋敷の用人服部久米蔵《はっとりくめぞう》にございますぞ。ただ今、江戸から水戸へと戻る道中、成田詣でに立ち寄ったのでございます」

と名乗った。

「お長屋におられる大安寺様と安積様のお姿を何度か拝見しております」

「それは助かった。不動尊詣でを突然思い立ってな、旅籠に困り、老公の書付につい頼ったのだ」

領いた服部が、

「主、大安寺様は老公光圀様が親しく出入りを許されているお方だ。なんとか部屋の手配を願えぬか」

と口を添えた。

「ご老公のお知り合いを路頭に迷わせては印旛屋理左衛門《りざえもん》、光圀様にお叱りを受けますでな」

と主が胸を叩き、

「番頭さん、大安寺様とお内儀によきお部屋をな」

と命じた。

「造作をかける」

一松とやえは服部の口添えもあって、旅籠に投宿することになった。

二人が入れられた座敷からは新勝寺の石段が正面に見えた。

「光圀様の名を出してちと心苦しいわ」

一松が苦笑いした。

「白子浜の漁師の娘が泊まる宿ではございません、一松様」

「いかにも中間上がりが上がる旅籠ではないがな、これも経験よ。老公と一松は相身互いの間柄だからな」

と一松はやえに威張ってみせた。

湯に入り、夕餉を食した後、二人は煩悩《ぼんのう》を振り払う百八つの鐘の鳴るのを静かに待った。

門前町の旅籠はどこも一杯で、最初から寺の前で一夜を過ごすつもりの人々で溢れていた。そんな気配が座敷にも伝わってきた。

四つ半（午後十一時）を過ぎた頃合か、元禄五年の年を送る鐘の音が殷々《いんいん》と響き始めた。表の参拝客から歓声が湧き、石段を登り始めた気配が伝わってきた。

だが、石段の上では僧侶たちが境内に入ることを止めていた。そのせいで石段の人混みが見る見る膨《ふく》らんでいった。

「やえ、われらも参ろうか」

一松は人混みを考え、長船兼光と脇差を差しただけで木刀は旅籠に残すことにした。

「一松様、商人が言われましたが成田不動様は子宝を授けてくださるのでしょうか」

「やえ、おれの子が欲しいか」

「むろんのことにございます」

やえが顔を赤らめつつ答えた。

「ならばやえ、不動明王によくよく願った後、そなたと寝ずの時を過ごそうかのう」

「一松様」

二人は手を取り合って印旛屋を出た。

新勝寺の始まりは下総に勢力を伸ばした平将門《たいらのまさかど》に由来する。所領を巡る紛争に東国で反乱が相次ぎ、この乱を鎮めるために朱雀《すざく》天皇が京都広沢《ひろさわ》の遍照《へんじょう》寺《じ》の僧寛朝《かんちょう》を下総公津ケ原《こうずがはら》（成田）に遣わし、不動明王を祀《まつ》って祈願した。

この満願《まんがん》の日、天慶《てんぎょう》三年（九四〇）二月十四日に将門が討《う》ち死にしたため、この日が新勝寺の開祖の日とされる。

以来、新勝寺は東国鎮護の道場となり、千葉《ちば》氏の外護を受けた。栄枯盛衰の時を経て、永禄《えいろく》九年（一五六六）に一松とやえが参ろうとする地に再興されたのだ。

石段に溢れんばかりに初詣で目当ての善男善女が押しかけ、一松とやえも頭上に煩悩を除く鐘を聞きながら、その人混みに加わっていた。

除夜の鐘はまだ半ばを過ぎたころか、後ろからはさらに大勢の人が詰めかけ、身動きもつかなかった。

「押すねえ、婆様《ばば》が潰れるぞ」

「こっちは腹ぼての女がいるんだよ」

あちらこちらで言い合いが起こっていた。

石段の左右には篝火《かがりび》が焚《た》かれ、火の粉が飛んでいた。

「あんまり押すと火で火傷《やけど》をしますよ」

「おれは石灯籠にへばりついていらあ、冷たいぜ」

「お侍」

と職人風の男が一松に声をかけた。

「旦那の長物の先がこっちの股座《またぐら》に突っ込まれててよ、痛いんだがな、なんとかなりませんかねえ」

「すまぬ」

一松は腰の備前国長船兼光を抜くと柄を上に鞘を抱えて左肩の前に立てた。そのせいで鍔元《つばもと》に下げた革の草鞋が高いところで揺れた。

「百を超えたぜ」

そんな声がして、石段の上の僧侶の制止が解かれ、参詣の人波が動き出した。

「やえ、手を貸せ」

「はい」

一松は離れ離れにならぬようにやえの手をしっかりと握った。

初詣での人々の熱気を冷ますように、夜空からちらちらと白いものが落ちてきた。

「新年おめでとうございます」

新年を賀す挨拶があちこちから起こった。参詣の人波は一段一段と境内に上がっていき、一松とやえはようやく仁王《におう》門の手前まできた。

石段の中ほどから長船兼光の革の草鞋に目を留めた男がいた。

「野郎、こんなところにいやがったぜ」

と吐き捨てたのは薩摩藩の探索方萬次郎《まんじろう》だ。

大安寺一松と薩摩藩の戦いは幾度も繰り返され、一匹狼の一松に薩摩は煮え湯を飲まされてきた。一松が薩摩の手から遠のくたびにその後を執拗《しつよう》に追いかけてきたのが、老練な探索方萬次郎だった。

最後に一松の姿を見たのは水戸街道の小金原馬集めだった。

水戸の老公を暗殺しようとした刺客の一団を一松一人が蹴散らかしたのだ。中間上がりの偽侍は、なんと御三家の一人水戸光圀と手を結んでいた。

その影響は直ぐに薩摩藩に伝わってきた。

藩の上層部から、

「大安寺一松はしばらく放置せよ」

との命が下りてきた。

間違いなく水戸光圀が動いてのことだ。

将軍綱吉をしても正面から楯突《たてつ》けない光圀が薩摩の前に立ち塞がっていた。

「糞っ」

と切歯扼腕《せっしやくわん》しつつも萬次郎は手を拱《こまぬ》いてきた。

その萬次郎が薩摩藩の御用人の代参でたまたま初詣でにきていた成田不動新勝寺で、化け物の姿を目に留めたのだ。

そのかたわらには萬次郎らがかつて古利根川のほとりの尼寺連雀院を襲い、一度は捕囚にしたやえの姿もあった。

（どうしたものか）

萬次郎は、

「ちょいと御免よ」

と人波を強引に分けながら思案していた。

二

一松はやえの手を引き、ようやく本堂の前に立つことができた。それほど成田不動明王信仰は近郷近在の人々に深く浸透していたことになる。

やえが用意したお賽銭《さいせん》を投げ入れ、二人は手を合わせ、

「南無大聖不動明王」

と何遍も唱えた。

本堂の内陣では真言密教《しんごんみっきょう》の護摩祈禱《ごまきとう》が行なわれ、炎が時に高い天井にまでめらめらと立ち昇った。

一松は熱心に祈願するやえの身を守って立っていたが、ふいに身を突き刺すような視線を感じた。

(さてだれか)

本堂の中も外も物凄い人波だ。視線がどこから放射されているか、分からない。やえがようやく顔を上げ、一松はやえを庇《かば》うようにして本堂の横手に設けられた出口へと向かった。

外に出ると雪が本降りになっていた。

篝火が元禄六年の年明けに降る雪を浮かび上がらせて、なんとも幻想的であり、清々《すがすが》しかった。

「なにをおすがりしたな」

「それはもう」

「おれとの子をなすことか」

「それもございますが、まずは一松様の武運長久《ぶうんちょうきゅう》、五体息災《ごたいそくさい》をお願いしました」

「これだけ多くの参詣人が勝手なことを願うのだ。不動尊も聞き忘れがあろうぞ」

「一松様、そのようなことを申されると罰が当たります。お不動様はどのような願い事もちゃんとお聞きになっておられます」

「そうか、そうであろうな」

二人は雪が降る中を、正面の石段ではなく脇に設けられた女坂から成田の門前町へと下りた。

門前町には先ほどではないが、陸続《りくぞく》と初詣での人々が詰め掛けていた。

一松は印旛屋に真っ直ぐに戻らず、尾行の目をどこかで巻くかと考えたが、やえがいてはそれも難しかった。またやえをいたずらに不安に陥れることを懸念《けねん》した。

（だれかは知らぬが来たらば来たれ）

そう腹を括《くく》った一松は、

「さて、やえ、床入り致そうか」

と誘いかけ、

「やえはもはや女郎ではありませぬ」

と睨まれた。

正月元旦夜明け前、成田の門前町は白一色に染められていた。そして、断続的に雪は空から舞い落ちてきた。

一松は脇差だけを腰に差し、木刀を抱えると階段を下りた。すると不寝番か、火鉢を抱えた男衆の一人が、

「お参りですか」

と訊いた。

「初詣では昨夜のうちに済ませた。ちと体を動かそうと思うてな」

「正月早々修行とはお武家様も楽ではありませんな」

と送り出した。

一松は新勝寺の石段を振り仰いだ。

除夜の鐘の打ち終わりと同時にお参りの人混みは消え、朝の初詣で客が来るには間があるのか、静かな佇《たたず》まいを見せていた。

石段に降り積もった雪の上には一つとして足跡がなかった。

一松はどこぞで河原か草っ原を探そうかと考えていたが、ふいに石段に向かった。

再び成田不動尊新勝寺の伽藍《がらん》の前に立った一松は頭を下げて、境内を騒がす許しを乞《こ》うた。そして、木刀を肩に本堂を横手へと回った。

白く雪を積もらせた梅林の向こうから水音が響いてきた。

一松は音を目指して雪道を歩くと、小さな滝が二筋滝壺に落ちていた。

雄滝《おだき》と雌滝《めだき》の二つの滝だ。

一松は滝壺を望む平地を、元禄六年元旦の稽古始めの場と決めた。

すでに雪に濡れた草履を脱ぎ捨て、袷の裾を尻からげにして帯に挟み込んだ。木刀に素振りをくれると、滝の流れに対面するように愛甲派示現流の秘剣を遣い始めた。すべて一松が独創した剣だ。

「愛甲派示現流秘剣一ノ太刀、雪割《ゆきわ》り」

両眼を閉じた一松の口からこの声が洩《も》れた。

一松の網膜《もうまく》には十尺（約三メートル）の高さの椎《しい》の木が映じていた。

箱根山中の弾正ヶ原で二年の修行を積んだ後、会得した技だ。示現流の極意を一松に伝え残そうとした師の愛甲喜平太は、一松独創の剣を見ることなく果てた。

両眼がかっと見開かれた。

ちぇーすと！

滝音が途切れるほどの気合いを発した一松は走り出した。縦横無尽に走りながら、幻想の立ち木の頂きに向かって跳躍すると木刀を振り上げ、振り下ろし、また駆け出した。

空気が裂け、雪の降る空に一筋の空白が現われた。だが、その瞬間には一松の体は別の場所に移動して、次なる立ち木を叩き割っていた。

迅速にして剽悍《ひょうかん》、力動的な走りと跳躍が目まぐるしく繰《く》り返され、ついに一松の前に高さ十尺径一尺余の、幻想の椎の大木が出現した。

一松は無心に走り寄ると跳躍した。

六尺三寸の巨体が垂直に上昇し、両脚が海老の如く後方に反り返り、両手の木刀が一松の背を叩くとその反動で椎の木の頂き、核心に向かって振りぬかれた。

「ちぇーすと！」

その声が響き渡ると大木は見事に二つに割れて、
ずどーん
とばかりに雪の原に倒れ込んだ。

一松が叩いたのは幻の林の大木だ。だが、一松はしっかりとした手応えを感じていた。

「秘剣二ノ太刀瀑流《ばくりゅう》返し」

再びこの呟きが洩れた。

陸奥《むつ》仙台《せんだい》城下から広瀬《ひろせ》川に沿って作並《さくなみ》街道が走り、南に高倉《たかくら》岳、戸神《とかみ》山の谷間に秋保《あきう》大滝があった。その高さ百七十余尺（約五五メートル）、この滝を相手に会得したのが瀑流返しだ。

今、一松の眼前にあるものは秋保大滝に比肩すべきもない高さ二十数尺（約六メートル）の流れだった。

一松は迷うことなく雄滝、雌滝が流れ込む滝壺に飛んだ。

水面に落下すると腰まで冷水に潜った。

一松は腰を落として胸まで水に浸かると天空へと跳ね飛んでいた。

二つの滝口を越えて六尺三寸の長身が浮き上がり、一松は両手に翳《かざ》した木刀を二つの滝の間に振り下ろした。

ちぇーすと！

木刀が振り下ろされたところ、なんと三角の真空が生じた。それが楔《くさび》形の波動になって二つの滝の流れを襲った。

かーん！

二筋の流れが四筋に割れて、滝壺へと落ちていった。だが、それで事が終わったのではなかった。真空が生じさせた楔形の斧がなんと滝壺の岩底を曝《さら》け出して、岩底に当たった波動が膨大な飛沫と一緒に虚空へと跳ね返り、技の試行者の一松の体をびりびりと打ったのだ。

一松が着水した。

その様子を薩摩藩の探索方萬次郎が小高い梅林の中から見つめていた。

そのかたわらには浪々の武芸者埜末段五郎《のすえだんごろう》と成田界隈を縄張りにする寺台の貫助《かんすけ》が言葉もなく凝視していた。

「化け物かな」

「へえっ、申し上げましたぜ。化け物だと」

萬次郎が平然と答えていた。

薩摩藩がこれまで幾たびとなく精鋭を送り込み、一松一人に敗れていた。武芸者や田舎やくざが一松を斃《たお》す気遣いはなかった。

萬次郎が考えたことはこうだ。

一松のかたわらにやえが寄り添っているということは、白子浜に暮らしているということだろう。光圀の庇護《ひご》下、水戸近くで一松が暮らす以上、薩摩は手が出せない。なんとしても一松を旅に出させる、あるいは江戸に戻すことだ。

金子で雇った武芸者や田舎やくざが何人一松の手で斃されようと、萬次郎はなんの呵《か》責《しゃく》も憐憫《れんびん》も感じなかった。

「あのような剣者がこの世におるか」

「怯《ひる》まれたか、埜末様」

埜末は鹿島神道流の修行者にして奥伝を授けられていた。だが、剣で飯が食える時代は遠くに去り、寺台の貫助の用心棒として時を過ごしていた。

萬次郎は薩摩藩との関わりを伏せ、貫助一家に、

「ちょいと痛めつけたい悪がおりましてな、手を貸してくだされ」

と駆け込んだのだ。

理非は別にして金子を見せられれば動くのが渡世人だ。

萬次郎は薩摩藩御用人から預かってきた護摩祈禱料五十両を貫助に見せ、前渡し分として二十五両を渡していた。

「ちと仲間の手を借りることになるな、親分」

「埜末様、十分な仕度をなさりなせえ」

と請け合った貫助が、

「萬次郎さんよ、聞いたとおりだ。ちょいと人手を集めるゆえ金子も掛かるぜ」

と言い出した。

貫助は渡世人として油の乗り切った年頃で、成田街道の宿場寺台から門前町を縄張りにしていた。

「寺台の貫助親分ともあろうお方があんまり足元を見るんじゃねえぜ」

「この世界はなんにしても山吹色《やまぶき》（小判）が一番の薬よ」

「致し方ねえ、あやつを叩き潰したら約定の金子の倍払いでどうだ」

「決まった」

三人の姿が成田不動新勝寺の雄滝、雌滝が見下ろせる高台の梅林から消えた。

一松はそのような監視の目など知らぬげに滝壺から岩場を走り回り、飛び回り、「愛甲派示現流秘剣三ノ太刀、乱舞」を遣った。

薩摩藩の一騎当千の精鋭を相手に、「その場に一瞬たりとも止まらず、変幻に動くべし」を心得にした乱戦の技を披露して見せた。

すでに夜が明けていた。

一松は濡れそぼった袷を肌に張り付かせて、雪の上に正座した。

しばし瞑想《めいそう》した一松の口から四度言葉が洩れた。

「四ノ太刀、船中不動斬り」

片膝を突いた姿勢でその場を動くことなく、示現流の太刀行きの速さと力を殺すことなく遣う秘剣を雪の中で舞い納めた。

印旛屋の番頭たち奉公人は寒中にずぶ濡れになって戻ってきた客に言葉を失った。

「一体正月早々なにをなされたので」

「不動明王におれの剣技を奉献したのだ」

「呆れました。まずは湯殿に行かれて体を温めてくだされ。今、内儀様にも知らせますでな」

一松は裏へと続く通り土間から湯殿に案内され、正月三が日じゅう沸かされる湯殿に入った。

濡れた衣服と下帯を脱ぎ去り、湯船の湯を頭から被っていると、やえが慌しく湯殿に入ってきた。

「一松様、なにをなされました」

「やえ、驚く話ではないわ。寒稽古を致したまでよ」

だだっ子のような亭主にやえの顔がようやくほころび、

「ならばこの宿に願って今着替えを用意します」

と部屋に戻っていった。

一松は湯船に浸かった。

老人が一人、正月元日の朝湯に浸かっていた。

「お侍には正月も盆もございませぬか、ご苦労にございます」

言葉遣いは江戸のものだった。大店の隠居が初詣でに成田にやってきた風情だ。

「ただの酔狂《すいきよう》よ」

「あっさりと申されますな」

「正月早々に旅籠を騒がせた」

「江戸のお方で」

「育ったのは大名家のお長屋だ。ゆえあって飛び出した」

「若い方には窮屈でございましたか」

「そんなとこよ」

と当たらず障らずに答えた一松が、

「そなたは江戸から新勝寺詣でか」

「鳶《とび》の頭を長年務めておりましたがな、倅《せがれ》に跡目を継がせました。まあお迎えが近くなって急に仏心を起こしたというやつでさあ」

と笑った年寄りが、

「浅草門前に一家を構えます鳶辰《とびたつ》の爺、弥曾吉《やそきち》にございます」

「おれは大安寺一松、江戸におるときは水戸家の蔵屋敷のお長屋に居候をしておる」

「水戸藩にございますか」

と弥曾吉が訝しい顔をしたとき、湯殿に人の気配がした。

一松がやえかと顔を上げると、水戸藩の蔵屋敷用人服部久米蔵が、

「おめでとうございます」

と湯殿に入ってきた。

「昨日は助かった。おめでとうござる」

「なんのことがございましょう」

と答えた服部が弥曾吉に、

「このお方は老公とご縁のあるお方でな」

と笑いかけた。

「おやまあ、水戸光圀公と入魂《じっこん》のお付き合いを」

と疑心の顔をした。

「ご老公は隠居なされて市井《しせい》の方々とも気軽にお話しになられるでな、大安寺一松様のような方とも知り合いだ」

「そうでございましたか。隠居は楽なようで退屈商売ですからな、ご老公も暇《ひま》を持て余しておられるようですな」

と弥曾吉がようやく得心したように笑った。

「大安寺様、それがし、これより水戸に向かいます。西山荘にもご老公を訪ね、年頭の挨

拶を致しますがなんぞ言づけがございますかな」

「水戸にてお別れしたばかり、格別言づけとてないが年賀を申し上げてくれぬか」

「相分かりました」

やえの声が響いた。

「一松様、こちらに着替えを置いておきます」

浴衣にどてらを着た一松が座敷に戻ると正月の膳が二つ並んでいた。

「だいぶ小そうございますな」

「宿の借り着じゃあ、致し方ないわ」

一松が膳に着くとやえが姿勢を改め、

「一松様、明けましておめでとうございます」

と挨拶した。

白子浜の漁師の娘やえは千住掃部宿の飯盛旅籠に売られたが、そこで一松と出会い、身請けされた。

その後、東一之江の尼寺連雀院に預けられ、清泉尼から礼儀作法に言葉遣い、読み書きから料理まで仕込まれていた。

清泉尼は侍大安寺一松の内儀として恥ずかしくない躾《しつけ》を仕込んでくれたのだ。

膳には鯛《たい》、蒲鉾《かまぼこ》、煮しめ、鱸《すずき》の造り、雑煮《ぞうに》など正月の祝い料理が並んでいた。

「新玉《あらたま》の年、目出度《めでた》いな」

徳利を手にしたやえが、

「このような幸せがあってよいのでしょうか」

と呟きながら、一松に酌《しゃく》をした。

「新年の祝いだ、やえも飲め」

二人は盃《さかずき》に注ぎ合い、改めて、

「おめでとうございます」

と新年を賀した。

「湯殿で服部どのに会った。水戸へ発たれるそうだ」

「一松様、私どもはどう致しますか」

「まずかようなことはめったにあるまい。白子に急ぎ帰ることもあるまい。なによりな、ばあ様やかめらに土産も買うておらぬわ。今日一日はこの門前町にのんびりと逗留《とうりゅう》しようぞ」

「贅沢《ぜいたく》にございます」

「ああ、贅沢じゃな」

二人は正月の祝い膳に箸をつけた。

三

一松とやえは元日一日、成田山詣での人混みの中で門前町の土産物屋や雪がちらつく路上に連なる露店を見て回り、竹細工や暮らしの道具をあれこれと白子に残した家族のために買った。

そんな風にゆっくりと一日が過ぎていき、二日の朝、二人は印旛屋を発つことにした。急ぐ旅ではない。出立は明け六つ（午前六時）を過ぎ、朝は白み、旅籠の番頭たちも見送りに出てくれた。

二人して背に風呂敷包みを負っていた。

「大安寺様、やえ様、またのお越しをお待ちしてますよ」

「造作を掛けた」

若い二人が印旛屋を出るのを雪が止んだ路上から黒い犬が見送っていた。さすがに成田不動の石段には参詣の姿はなかった。

路傍に降り残った雪に朝日があたりきらきらと輝いていた。

門前町を抜けて佐倉街道の寺台宿に出る二人を貫助の子分たちが見張り、その一人が親分へと注進に走った。

残った三人が裏道伝いに二人を尾行する。なにしろ一松とやえの二人、長身の上、急ぐ風もない。尾《つ》けるのもそう難しいものではなかった。

二人はそんな尾行も知らぬげに佐倉街道を寺台宿から酒々井宿へと向かった。

「一松様、一気に白子へ戻りますか」

「老中戸田《とだ》様の佐倉城下を見物して参ろうか。どうせ道中、どこぞで一泊する旅よ、急ぐこともあるまいて」

一松とやえの歩みはのんびりとしていたが、それでも寺台から酒々井までおよそ二里（約八キロ）を一刻余りで歩ききった。

往路、酒々井宿の町並みを掠《かす》めるように佐倉街道に入った二人だ。

かつて千葉氏がこの酒々井に本城の本佐倉城を、二里半ほど西に臼井《うすい》城を配した要衝《ようしょう》の地であった。

そんな酒々井には正月二日の晴れやかな様子が見られ、子供の歓声が街道にこだましていた。

町の辻では獅子頭《しし》をかぶった三人の獅子舞《まい》が踊っていた。

ジジと呼ばれる親獅子、カカと呼ばれる女獅子、セナと呼ばれる子獅子の家族舞だ。腹の前に付けた太鼓の音が長閑《のどか》に響き、辻に見物の人が集まってきた。

一松とやえは成田山詣での旅人相手に開いている茶店の縁台に腰を下ろし、茶と餡子《あんこ》餅を注文して獅子舞を見物した。

その後からせかせかと入ってきたのは猿回しだ。

麻の羽織袴に頭巾をかぶり、背中の風呂敷包みの上に猿を乗せていた。腰には脇差、手には竹棒を持っていた。

武家屋敷回りの猿回しである。猿回しには二種類あり、ぼろ着物に汚れた手拭の頬被りの町屋回りと厳然と区別されていた。

「新勝寺様へお参りですかな」

顔の浅黒い猿回しが如才《じょさい》なく声をかけてきた。

「いや、帰り道だ」

「初詣でにご夫婦で行かれるとはうらやましい。江戸の方のようだねえ」

曖昧に頷いた一松が、

「そなたは正月というのに商いか」

「正月は稼ぎ時でさあ、だが、素人舞を邪魔しちゃならねえ」

と獅子舞に気をつかった猿回しは、

「旦那方はどちらへ」

と訊いた。

「佐倉に立ち寄り、城下を見物して参る」

「それは奇遇にございますねえ、私もこれから佐倉城下でひと稼ぎと考えていたところですよ」

三人に茶と餡子餅が供され、獅子舞が舞い納めて次の通りへと去っていった。

猿回しの猿が餡子餅を見て、
きいきい
と鳴いた。

「ちょいと稽古が足りねえ、子猿の小吉《しょうきち》でしてねえ」

猿回しが困った顔をした。

「やえ、参ろうか」

茶代を置いた一松がやえに声をかけ、二人が縁台から立ち上がると一頻《しき》り子猿が鳴いた。

酒々井から佐倉までは一里八町（約四・八キロ）余りだ。

佐倉藩は天正《てんしょう》十八年（一五九〇）八月、徳川家康の関東入府にともない、三浦義次《みうらよしつぐ》が本佐倉に一万石で入封したのが始まりとされる。以来、武田《たけだ》家、松平《まつだいら》家、小笠原《おがさわら》家、土井《どい》家、石川《いしかわ》家、松平家、堀田家、大給《おぎゅう》松平家、大久保《おおくぼ》家と目まぐるしく代わって、貞享三年（一六八六）に武蔵国岩槻《いわつき》から戸田忠昌《ただまさ》が転封してきて六万一千石で立家していた。

成田山新勝寺は代々の佐倉藩主の庇護の下に江戸で名が知れるようになっていったのだ。

一松とやえが訪ねようとする佐倉城の主、戸田忠昌は元和元年（一六一五）から老中を務めていた。それだけに城下の賑わいも一際だった。

二人は印旛沼を見下ろす丘陵地鹿島山を利して造られた老中所領の城を、町屋を見物して回った。

戸田家の家臣たちが年始に往来し、その中にはすでに真っ赤な顔をしている継 裃《つぎがみしも》の武家もいた。

そんな武家屋敷を太神楽《だいかぐら》や獅子舞が行き交い、子供が後を追っていった。

昼時分、武家屋敷の辻で、酒々井で会った猿回しと再びばったりと出合った。

「どうだ、稼ぎになるか」

一松が声をかけた。

「駄目だ、駄目だ。この小吉め、馬に驚く、犬に怯《おび》える。これじゃあ商売になりませんや」

とぼやいた。

武家屋敷回りの猿回しは厩で舞うのが習わしだった。

「われらは見物も済んだでな、佐倉城下に暇《いとま》を致す」

三人は再び佐倉城下の辻で別れた。

一松とやえは再び酒々井に戻り、八街《やちまた》を目指す。あとはひたすら南を目指せば九十九里の浜に着く。

八つ（午後二時）を過ぎた刻限から再び雪がちらちらと天から落ちてきた。積もるほどの本降りではない。それでも、

「どこぞに寺なり旅籠なりあらば泊めて貰おうか」

と一松が言い、二人は雪に追われるように足を早めた。

日が翳《かげ》り、辺りが急に薄暗くなってきた。

右手は竹藪《たけやぶ》、左は田圃だ。

「やえ、半里（約二キロ）ばかり先に藁葺きが見えるぞ、あそこで一夜を願ってみよう

か」

一松が足を引き摺るようになったやえを元気づけるように言った。

「一松様、私なれば大丈夫です」

野道が竹藪から来た脇街道とぶつかる辻に差し掛かった。

猿の鳴き声が、
きいっ
と響いたのはそのときだ。

街道から猿回しが姿を見せた。

「旦那、縁がございますね」

「そなた、われらになんぞ魂胆《こんたん》があるか」

さすがに一日に三度、それも人家もあまりない山里でのことだ。怪しむのは当然であった。

「魂胆といえば魂胆、なくもございません」

猿回しは辻の手前、一松から十分に間合いをとって立ち塞がり、問答をする気のようだ。

「そなた、名はなんと申す」

「寺台の貫助と申しましてな、寺台宿から成田門前町を縄張りにする渡世人にございますよ」

「偽猿回しであったか」

「旦那も偽侍だそうで」

一松の目がぎらりと光った。

一松を田舎やくざが偽侍と知るわけもない。そのことを承知なのは水戸家の家中の限られた者か、薩摩藩だ。だが、水戸家が猿回しに扮したやくざを差し向けるとも思えなかった。

「だれぞに頼まれたか」

「へえっ、仰るとおり銭で旦那の命をと頼まれました」

薩摩だと一松は直感した。

「貫助、正直よのう」

「へえっ、己を己が褒《ほ》めるのもどうかとは存じますが、寺台の貫助真っ当にしのぎをいたしております」

「ならばこのまま寺台に戻れ。雪の原に屍《しかばね》を晒《さら》すこともあるまい。おれは手強《てごわ》いぞ」

「新勝寺の雄滝雌滝での稽古、見せて貰いました。並みの剣術家じゃあござんせんや」

「それを承知で挑むと申すか」

「渡世人には渡世人の意地もございましてな、相手が手強いから逃げたとあっちゃあ、明日から飯《まんま》の食い上げだ」

貫助が竹棒を振り上げた。

背中の猿が再び、きいっ、と鳴き声を上げ、竹藪が揺れた。

竹槍を構えた渡世人が十数人、それに武芸者が五、六人、すでに荒縄で襷《たすき》をかけ、中には額金《ひたいがね》を巻いている者もいた。

喧嘩仕度の一団が辻に殺到した。

やえが悲鳴を上げた。

一松はやえを田圃の畦に下ろし、

「この場を動くでない、目を瞑《つむ》っておれ」

と命じた。

背に負った風呂敷包みを解くとやえのかたわらに投げた。それにはやえの一家への土産が入っていた。

一松は再び野道に戻り、竹槍を構えた寺台の貫助一家の子分たちを睨み回し、肩に担いだ木刀を立てた。

「貫助、だれに頼まれたか、冥土《めいど》に発つ前に吐いていかぬか」

「抜かせ!」

辻の真ん中に立った猿回し姿の貫助が吐き捨てた。形相が変わっていた。

「愛甲派示現流大安寺一松弾正を甘く見た報い、ただ今知ることになる」

貫助に雇われた鹿島神道流奥伝の持ち主埜末段五郎とその仲間らは、竹槍を構えた子分たちの後詰めを形成していた。

「参る!」

一松が履《は》いていた草履を後ろに飛ばした。

その声に埜末らが抜刀した。六人の武芸者は期せずして正眼の構えを選んだ。いかなる乱戦にも対応できるようにだ。

埜末は六人の真ん中に立っていた。

竹槍の子分らとの間合いは六、七間(約一一～一三メートル)あった。

一松が赤樫の木刀を立てたのを見て、左右に広がり、田圃に飛び下りた者もいた。

雪は相変わらずちらちらと降っていた。

一松の額に一片の雪が止まった。

竹藪が風になった。

猿が怯えたように鳴いた。

その瞬間、一松が動いた。

けえええっ！

貫助の背中の子猿が恐怖に目を引き攣《つ》らせ、貫助の背から逃げようとした。

「小吉！　静かにしねえ」

貫助はそう言いながら子猿の紐をしっかりと握り締め、一松の動きを凝視していた。

一松が突進してきた。

子分たちが物凄い形相に尻が引けたか、後ろにだだだっと下がった。だが、数人は田圃から竹槍を突き出してきた。

へっぴり腰の竹槍攻撃には見向きもせず、一松の巨軀が虚空に飛んだ。

田圃から突き出された竹槍を高々と超え、後ろ下がりに逃げた子分たちの頭上をも飛び越えて、辻の真ん中に飛翔した。

貫助は予測もできない飛躍に身を竦ませた。だが、さすがに修羅場を潜ってきた貫助は腰の脇差に手をかけた。

その頭上から木刀が雪崩れ落ちてきて、貫助の眉間を強打した。

脇差の柄に手をかけた貫助は悲鳴も上げずにくねくねと体を揺らし、血反吐《ちへど》を吐くと腰砕けに辻に倒れ込んだ。

「おのれ」

埜末が着地した一松に正眼の剣を叩きつけようと突進した。

その瞬間にはもはや一松の姿はその場から消えていた。着地して片膝を突いた姿勢から左斜めに飛び、木刀を車輪に回して、二人目の武芸者の太股を殴りつけていた。

げえぇっ！

絶叫を響かせ、大腿骨《だいたい》を粉砕された相手が横手に吹っ飛んだ。さらに一松は飛び跳ねるように移動して、三人目の肩口に木刀を振り上げ襲いかかっていた。さらに後ろ飛びに下がった。

「その場に一瞬たりとも止まらず、変幻に動くべし」

秘剣三ノ太刀の乱舞が目まぐるしく展開され、四人の刺客たちが一瞬の裡《うち》に斃《たお》されていた。

一旦田圃に飛び下がった一松を竹槍の子分が囲もうとした。

一松が木刀を回すと睨んだ。

わあぁっ

燃え上がった眼光に竹槍が後退して大きく散った。

一松は再び辻を見上げた。

叩き潰された貫助の手からようやく逃げおおせた子猿が猛然と竹藪へと走り込んだ。

「鹿島神道流埜末段五郎、相手致す」

乱戦を見せつけられたにもかかわらず、呼吸を整え、辻の一角に静かに立って名乗りかけた。

埜末の顔は青く変わっていたが挙動《きょどう》は落ち着き、眼は戦いに集中していた。

鹿島神道流奥伝の自負が埜末を武芸者として一松に挑戦させていた。

一松は田圃から埜末とは反対側の辻にあがった。

四人が倒れ、血の臭いが充満して漂っていた。

一松は秘剣乱舞から一人を相手にする秘剣雪割りへと気構えを変えた。

木刀が再び頭上に立てられ、一旦不動の構えが取られた。

野面の辻から音が消え、対決する者は一松と埜末段五郎二人だけに変わった。

竹藪の一角から薩摩藩探索方の萬次郎が戦いを見ていた。

埜末は勝負の要諦《ようてい》を悟っていた。

大安寺一松を地上から飛躍させないことだ。

愛甲派示現流とは初めて聞く流儀だが、薩摩藩の御家流、東郷重位《とうごうしげかた》が創始した電撃の剣技の流れだろう。

ともかく相手が動く前に機先を制することができるかどうかが勝敗の分かれ目だと一松の呼吸を読んだ。

一松は静の構えのまま、

すいっ

と間合いを詰め、再び動きを止めた。埜末の腕前を過小に考えていた自分を呪《のろ》った。

いつとはなしに示現流の間合いと動きを外され、封じられていた。

一松は、

「秘剣雪割り」

を、

「秘剣船中不動斬り」

に変えて片膝を落とそうか迷った。

その迷いを見通した埜末が正眼の剣をずいっと伸ばして、一松の喉首に襲いかかってきた。伸びやかな剣捌《さば》きで、一松は頭上に突き上げた木刀を構えたまま、咄嗟《とっさ》に迫りくる埜末の切っ先に背を向けて、その場で一回転した。

切っ先が回転する一松の右上腕を掠めて通り過ぎた。

埜末は外された瞬間、素早く反転した。だが、足に寺台の貫助の骸《むくろ》が絡んで、構えが乱れた。

一松は一回転した姿勢で片手殴りに木刀を背に回した。

埜末が遅ればせに斬り込む刃と木刀が触れ合い、一松はそのままの動きで田圃へと飛んでいた。

埜末は一松に続いて田圃へ飛ぶかどうか逡巡《しゅんじゅん》した。その迷いが勝機を遠のかせた。

一松は愛甲派示現流の間合いを得たと知覚したとき、
くるり
と回転した。

再び四尺五寸の赤樫の木刀が一松の頭上に立てられた。

埜末は辻の真ん中に正眼の構えに戻して立っていた。

一松は反撃に転じた。

睨み合いの時を無視して、突進していた。

田圃から辻への土手で一松が叫び声を上げた。

きええええっ！

埜末は六尺を優に超えた巨軀が雪のちらつく天に向かって垂直に飛び上がるのを見て、

正眼の剣を上段へと移した。

腰を沈めて、時を待つ。

一松の五体は虚空にあって上昇から停止へと移り、突き上げられた木刀が背にまで叩き付けられ、その反動を利して前方へと振り込まれた。

降下。

竹藪の萬次郎は、虚空に停止した一松が木刀とともに落下していく光景を見ていた。

何度も見せられた戦慄の斬撃《ざんげき》であった。

鈍色《にびいろ》の空を覆い尽くす巨体の落下に埜末は腰を沈めた姿勢から伸び上がり、上段の剣を胸元に引き下げると同時に突き上げた。

その瞬間、埜末段五郎は見た。

ちぇーすと！

絶叫が響き、ちらつく雪が二つに割れて、ぽっかりとした楔《くさび》形の真空が生じたのを。

埜末の突き上げる剣が真空にすっぽりと嵌《はま》って動きを止め、次の瞬間、圧倒的な力で木刀の打撃が剣をへし折り、埜末の脳天を打ち砕いて、埜末の体を野道の辻に押し潰した。

ふわり
一松が着地した。

森閑とした沈黙の後、一松が立ち上がった。

戦いは決していた。

貫助の子分たちは呆然として金縛りにあっていた。生き残った武芸者の二人も立ち竦んでいた。

一松の木刀の先が一人の子分に差し向けられた。

「訊きたいことがある」

相手はがくがくと頷いていた。

萬次郎は苦い思いに襲われながらも竹藪の奥の闇へと身を没した。

四

一松はやえと自分の風呂敷包みの二つを背に負い、やえの手を引いて夜の雪道をひたすら九十九里に向かって逃れていた。

寺台の貫助らを唆《そそのか》して襲わせたのは、薩摩藩の老練な探索方萬次郎と、戦いの場でひっとらえた貫助の子分の証言で推量できた。

萬次郎一人か、あるいは薩摩方が背後に潜んでこちらの行動を窺っているのか。

それが問題だった。

そこでやえを言い含め、夜道を進むことにした。

一松の胸中に不安があった。

白子浜が薩摩に襲われていないかという危惧だった。この考えはやえには伝えず、ただ戦いの場から少しでも遠ざかろうと言い含め、夜旅となったのだ。

「やえ、大丈夫か」

「私は浜育ち、これくらいの歩きはなんでもございません」

やえは片方を一松に、もう一方の手を竹杖に預けて歩いていたが夜半を過ぎてめっきり足の運びが遅くなっていた。

ちらつく雪の冷たさがやえから自由を奪おうとしていた。

一松は薩摩の存在を確かめる前にやえが倒れることを危惧した。

「やえ、どこぞに寺などあれば中に入れてもらおうか」

と励ましながら黙々と足を運んだ。

降り積もった雪道が二人の視界をぼうっと浮かび上がらせていた。だが、人家はなく、明かりも見えない山道がただ延びていた。

「だめか」

やえの体が急速に冷たくなっていた。足の運びものろくなり、意識も朦朧《もうろう》としてきた。一松は背の風呂敷を胸前に回し、木刀を長船兼光のかたわらに差し込むとやえを負った。

「しっかりせよ」

「気を確かに持つのじゃぞ」

と繰り返し励ましながら歩を進めた。

雪道が大きく蛇行し、登りに差し掛かった。両側から雑木林の枝が雪の重みで道に差し掛け、行く手を塞いで邪魔をした。

一松は強引に枝の雪を振り払い、振り払い突き進んだ。

やえはぐったりしていた。だが、温もりを一松は背で感じとっていた。それもいつまで続くか。

登り坂をなんとか小高い頂きまで上りつめた。すると視界がおぼろに開けた。朝の気配があった。だが、雪と雲が空を覆い、重く頭上に圧し掛かっていた。さらに数町進むと一松は道の左手に山門を見つけた。

「うーむ」

雪をかぶった門札に極楽寺《ごくらくじ》と読めた。迷うことなく山門を潜った。参道が二町ほどだらだら坂で続き、石段の上に第二の門が見えた。

一松は石段を駆け上がった。

ふいに人の気配を感じた。寺はすでに目を覚ましていた。

一松は迷わず庫裏《くり》と思《おぼ》しき方角へ進んだ。危機に陥れば陥るほど野性の勘が働き、本能が進む方角を定めてくれた。

果たして庫裏が見えた、すでに竈《かまど》に火が入ったと見えて白い煙が格子窓の間から洩れてきた。

一松は板戸を強引に開けた。

視線が一松の冷えきった巨体を射た。しばし沈黙の間があって、雪塗れの訪問者を窺う様子があり、

「どうなさいましたな」

と問う声が続いた。

一松は眉毛《まゆげ》から垂れた雪を払い、

「夜旅をする仕儀《しぎ》に陥り、寒さに連れが動けなくなった。相すまぬが火のそばにしばしの間、休ませてくれぬか」

また沈黙があった。だが、その間は短く、

「曹念《そうねん》、お二人をこちらへ」

と指図する声が響いた。

若い修行僧が戸を大きく開いた。一松が背を丸めて飛び込んだ。

「おおっ、お内儀がぐったりしておられるわ」

老いた声が響き、

「雪を払い、囲炉裏《いろり》端に上げられよ。いや、そのまえに濡れた衣服を替えたほうがいいな」

と急に庫裏が慌しくなり、古浴衣やらどてらやらがどこからともなく運ばれてきた。

一松は土間の隅の暗がりでやえの濡れた衣服を脱がせ、乾いた手拭で濡れた体や顔などを拭い、乾いた浴衣を着せて帯を不器用に締めた。

さらにその上にどてらを着せかけたやえを囲炉裏端に運び上げ、火の温もりに当てた。

「造作をかけ申す」

目に留まった老僧に礼を述べると、

「ほれ、そなたも着替えなされ」

と命じられた。

「それがし、大安寺一松弾正、連れはやえにござる」

「愚僧は当寺、浄土宗小倉山極楽寺の和尚鐸源《たくげん》でな」

「言葉に甘えて着替えさせて貰おう」

一松は土間に戻ると胸前に垂れた風呂敷包みを解き、腰から長船兼光と木刀、さらには師匠譲りの無銘の脇差を抜いて、上がり框に置き、濡れた衣服を脱ぎ捨てるとそこにあった古衣を身に纏った。

それだけで一松は生き返った。

二人の濡れた衣服は修行僧が持参した盥《たらい》に入れた。

「こちらにお出でなされ」

との老僧の声に再び一松は兼光などを抱え、囲炉裏端に向かった。

やえの手に茶碗があった。どうやら白湯《さゆ》を与えられているらしい。やえの手が茶碗に添えられ、喉が鳴り、それを飲み干した。ほっと安堵の息を吐いたやえの口から、

「ご迷惑をお掛けしました」

との言葉が洩れた。

一松はどっかと囲炉裏端に座を占めた。すると白髪眉の鐸源が、

「難儀なされたな、もう数刻雪道を歩く羽目が続くと亭主とのは別にして、お内儀がえらいことになりましたぞ」

と遠回しに無謀を咎《とが》めた。

「いかにも和尚の申されるとおりかな。成田山新勝寺の初詣での帰り、つい無理をしてしもうた」

「成田不動尊にお参りなされた帰り道か。不動明王の加護《かご》によりて当寺に導かれたのであろう」

と応じた鐸源が口の中で、

「南無大聖不動明王」

と唱えた。

「三が日の朝です、そなたにはこちらがよかろう」

和尚の指図か、修行僧が丼に並々としたものを運んできた。

「般若湯《はんにゃとう》です」

「それはなによりの馳走にござる、地獄で仏様に出会ったような心持ちでござるよ」

一松は丼を合掌して受け取り一口飲んだ後、囲炉裏端に置いた。喉から胃の腑《ふ》に酒が落ちて体の奥底から温かく広がっていった。

「この寺は極楽寺、時折り旅で難渋《なんじゅう》した方がそなた方のように迷い込まれます」

と老僧も余裕が出たかそう笑いかけ、立ち上がった。

「朝の勤行《ごんぎょう》を致しますでな、そなたらは囲炉裏番を務めていなされ」

庫裏から僧侶たちの姿が消え、二人だけが寺の厨房《ちゅうぼう》に残された。

「やえ、加減はどうだ」

「もう大丈夫にございます。一松様の足手まといになりましたな」

「なんのことがあろうか。それにしても極楽寺とは救いの神、いや仏様に出会ったわ」

どてらを被ったやえが座りなおして両手を火に翳《かざ》した。真っ白だった顔にもだいぶ赤みが戻っていた。

「いやはや薩摩にまた難儀をかけられた」

一松は丼に片手を差し延ばした。

「藩を挙げての一松様退治ですか」

「歩きながらつらつら考えたがな、どうもその気配は感じられぬ。あの探索方の萬次郎の独り知恵ではないかな」

「萬次郎は偶々《たまたま》私たちの姿に目を留めたと申されるので」

片手の丼を口に運び、一松はさらに一口二口飲み干した。

「あやつも成田山詣でに来ていたか。と申すのも薩摩方が出たのであれば探索方と行をともにしていよう。その様子が見えぬわ」

薩摩の主力が白子浜を襲った可能性は否定できなかった。だが、水戸の老公の牽制《けんせい》があった。光圀の言葉を無視して、家中の者を水戸近くの九十九里に派遣するであろうか、それも正月の松の内にだ。

「まずそなたが申すとおり、あやつは偶々われらの姿を目に留めて、土地のやくざを使い、悪戯を仕掛けたのではないかのう。なぜならば、あやつは一切姿を見せておらぬわ」

「そうでございましたな」

一松は丼の酒をゆっくりと飲み干した。

ともあれ、一息吐《つ》いた二人だった。

やえは囲炉裏の火で元気を取り戻すと立ち上がった。

「いかが致す」

「濡れた衣服をどこぞに干させてもらいます」

やえはそのことを気にしていた。

一松は格子窓から差し込む光に夜が明けたことを悟った。どうやら雪も止んでいるようだ。だが、天候は直ぐに回復する様子はなかった。

「ならば干し場を探そうか」

二人は庫裏の後ろに納屋を見つけた。その納屋の外壁に片流れの板屋根が設けられ、そこが寺の物干し場と窺えた。

二人は竹竿に濡れた衣服を干した。

「これではすぐには旅立ちできませぬな」

「和尚に願い、一日ほどの逗留を願ってみようぞ」

二人が庫裏に戻ると朝の勤行を終えた修行僧三人が朝餉の仕度をしていた。

「なんぞ手伝わせてください」

やえが僧に願った。

「元気を取り戻されたか」

三人のうち年配の僧が納所《なっしょ》か、声をかけてきた。

「お蔭様で生き返りました」

「ならば味噌汁の具の豆腐を刻んでもらおうかな」

やえは仕事を与えられ、ほっとした様子で働き始めた。

所在のない一松は囲炉裏端に座した。するとそこへ勤行を終えた和尚が姿を見せた。

「和尚、われら二人命拾いを致した」

「お内儀が元気になられてなによりです。そなたはあれしきの寒さでは屁とも思わぬ御仁のようだ」

和尚の視線が一松のかたわらの長船兼光と木刀にいった。

「成田山に詣でられたと聞いたが内儀を連れて武者修行かのう、これからどちらに参られるな」

「九十九里白子浜がやえの在所にござってな、われらの家もそこにある」

和尚が一松を見た。

「そなたは江戸育ちですな」

「いかにも大名小路の馬の臭いのする長屋で育った人間です」

「ただ今は浪々の身かな」

「いかにも」

「白子浜で暮らしは立つまい」

鐸源は興味津々に夜旅をしてきた訪問者に訊いた。

「江戸にて身過ぎ世過ぎを立て、時に白子に戻る暮らしにござる」

「江戸では長屋暮らしかな」

山中の寺、人恋しいのか、話し相手を見つけて鐸源の問いは尽きなかった。

「水戸家の蔵屋敷のお長屋に居候をしておる」

「なんと浪々のお方が水戸家に住まいとな」

老僧が訝しい顔をした。

「老公にちと縁がござってな、庇護を受けておる」

「これは驚いた」

一松はやえの命を助けられた極楽寺の和尚鐸源に風呂敷包みから油紙を出して、光圀の追認状を出して見せた。梅里宰相光圀の書付をとくと読んだ和尚が、

「老公推薦の剣術家が正月早々極楽寺に到来とは、元禄六年は波乱の年かのう」

と苦笑いした。だが、一松とやえの身許が知れたせいで、

「このぐずついた天気、二、三日は続こう。青空が広がるまでな、当寺に逗留なされ」

と先方から滞在を許してくれた。

浄土宗小倉山極楽寺に大安寺一松とやえは世話になることになった。

やえは寺の食事、洗濯、掃除を手伝い、一松は納屋の前で黙々と薪《まき》を割り続けた。

それが三日ほど繰り返され、夕暮れに天候が回復する兆《きざ》しが見えた。

そこで一松とやえは鐸源に逗留の代として、一両を包んだ布施を差し出し、翌朝の出立を告げた。

「名残りおしいが行雲流水《こううんりゅうすい》は武芸者の常、また縁があらば会いましょうぞ」

と快く布施を受け取ってくれた。

七つ前、一松とやえは小倉山極楽寺の山門を潜り、脇街道に出た。断続的に降り続いた雪は路傍に積もっているだけだった。

「やえ、思わぬ長旅になったな」

「ばあ様やおっ母さんが首を長くして待っていましょうな」

「松の内にはなんとか九十九里を見られそうだな」

二人は先を急いだ。

一松は茂原《もばら》街道に差し掛かったとき、再び監視の目を意識した。もはや水戸は一松が白子にいることを承知していた。考えられるのは、

「薩摩の探索方萬次郎」

だ。萬次郎は一松らを白子まで追尾しようというのか。

一松はやえに、

「もはや九十九里の潮風が鼻に感じられるようになったわ。こうなればわれらはもはや家に辿りついたも同然かな」

と言い、足を緩めた。

真亀《まがめ》川を渡り、九十九里町の片貝《かたかい》海岸に出た。

昼の刻限だ。

「やえ、旅の最後の飯をどこぞで食べて参ろうか」

二人は浜近くに漁師たちが集う一膳飯屋とも酒屋ともつかぬ気楽な店を見つけた。

「なんぞ食べさせてくだされ」

在所近くに戻ったやえが小女に頼むと奥から女が出てきて、

「おや、白子浜のやえちゃんじゃないか」

と驚きの声を上げた。

「これはおつたさんではありませんか」

「うちの亭主が片貝の人間でな、この家が嫁入り先だ。やえちゃんが白子に戻っていると聞いたが、この大男が亭主かのう」

「はい。連れ合いの大安寺一松にございます」

「豪傑の面構えじゃな」

おつたは二人の注文も聞かずにまず酒を運んできた。

「まんだ松の内だ、飯より酒だな」

と供されたのは濁り酒だ。

一松は大ぶりの茶碗に注がれた濁り酒を、

と喉に落とした。適度に冷やされた濁り酒が、初春の日を浴びて旅をしてきた一松にはなんとも美味《おい》しかった。

「うまいな」

「やえちゃん、どこぞに行った帰りか」

「一松様に連れられて成田参りをしてきました」

「神仏信心とはなによりのことだ」

女たちがあれこれと昔話に花を咲かせる間、一松は濁り酒を口に含みながら、最前から感じていた監視の目を探った。だが、この瞬間、それはどこにも感じ取れなかった。

（ちと考えすぎたか）

鰯の煮付けといかの一夜干しで酒を飲み、飯を食った二人が、

「おつたさん、また会いましょうな」

「近々白子に戻るよ、そのときはやえちゃんの家に寄せてもらうよ」

と女たちが別れの挨拶を交わした。

「馳走になった」

一松は多めの酒飯代を支払い、表に出た。

白子までは二里ほどだ。ゆっくり歩いても日があるうちに帰り着く。二人は最後の行程に踏み出した。

第五章　激闘梅林庵《ばいりんあん》

一

やえの実家がある白子浜の西外れに近付いたとき、一松とやえは浜辺で子供たちの騒ぐ声が響いているのに気づいた。

「良太たちかしら」

松林越しに浜を透かし見た一松は子供たちがやえの弟妹たちであり、その中に大人が、武家が一人混じっているのに気づいた。

御三家水戸徳川家家臣にして、畢生《ひっせい》の大作『大日本史』の編纂所《へんさんじょ》の総裁を務める安積覚兵衛だ。

「水戸からお迎えのようですね」

やえが気落ちした声を上げた。

「年末年始とあまりにも幸せな日々が続き過ぎました」

「安積どのは江戸へ向かわれる道中に白子浜に立ち寄られただけかもしれぬ。やえ、そう先走るな」

「いえ、一松様はお出かけにございます」

と言い切ったやえは、一松が背に負った風呂敷の結び目を解き、自ら提げると、

「良太たちに家に戻るよう言ってください」

と言づけし、家へと向かった。その背はもはや一松が出ていくことを覚悟した潔さがあった。

一松は道から松林の砂道へと足を踏み入れた。

夕暮れ前、九十九里は穏やかな顔を見せていた。

安積や良太たちは波と波の間の平らな海面に向かって石を投げ、波切り遊びに興じていた。平ったい石が波を切るたびに幼いかめたちの口から歓声が洩れた。

安積が一松の気配を感じて視線を向けた。

「おおっ、一松どのが戻られたぞ」

良太たちが振り向き、

「一松兄さじゃあ」

「姉さはどうした」

「土産はあるか」

と口々に叫びながら一松に走り寄ってきた。

一松は巨軀の膝を砂浜に突き、木刀をその場に投げ出すと幼い弟妹たちを両腕に抱え込んだ。

ぐいっ

と持ち上げ、大きく回した。かめたちが、

「目が回るぞ、空が逆さまになった」

と腕の中で大騒ぎした。

一松がかめらを腕から下ろすと一人だけ浜に立つ良太が、

「昨日から一松兄さをあの侍が待っておられるぞ」

と告げた。

安積は波切りをしていた浜辺から動かず、一松とやえの弟妹たちとの再会をにこにこと笑いながら見ていた。

「姉様が土産を持って待っておるわ、家に戻れ」

再び、わあああっ、という喜びの声が浜に響き、良太やかめたちが砂浜を松林へと駆けていった。

一松は投げ出した木刀を拾うと安積に歩み寄った。

「新年おめでとうござる、本年もよしなにお付き合いのほどを願おう、一松どの」

手に未だ石を握った安積が若い一松に向かって丁重に年賀を述べた。

「目出度い日も今夕かぎりとみた」

「申されるな」

と苦笑いした安積が、

「一松どのはよき家族を得られたな」

摂津三田藩で母の顔も知らず育った一松が、白子浜でやえの弟妹たちに慕われている様子を見て、安積は心が和む思いであった。

「かめたちはやえの弟妹であって、おれの家族ではないわ」

一松がにべもなく吐き棄《す》てた。

「一松どの、男は戻るべき家があってな、志が立てられるというものだ。悪いことではないぞ」

一松はもはやそれには答えなかった。

「一松どのは成田門前町の印旛屋で水戸藩蔵屋敷用人服部久米蔵どのに会ったそうな」

一松は服部が西山荘への使いであったかと得心した。それにしても江戸と水戸を結ぶ使いが成田山新勝寺へ初詣でなどに立ち寄るか、と一松の脳裏に疑いも生じた。

「印旛屋への投宿の口添えをしてもろうた」

安積が頷き、

「御用か」

「江戸でまたぞろ動きがございました」

「これから出立か」

安積が一松の問いに笑みで応じ、

「まだ松の内にござればな、今晩はやえどのの元でゆっくり休まれよ、明朝出立しましょうかな」

と答えたものだ。用事は直ぐに告げる気はないらしい。

「ならば酒など酌み交わそうか」

「水戸外湊、那珂川河口の磯浜の風景も豪快じゃが、この九十九里もなかなかのものだのう、改めてそのよさを思い知らされましたぞ」

水戸光圀の忠臣が次々に打ち寄せる波間を見ていたが、体を傾けて手にした石を投げ石が波間にてんてんとして三つ四つと波を切った。沖には帆をかけた船が銚子方面へと急いでいた。

一松と安積が家の門を潜ると、すでにやえはわが家に戻っていた。

「留守の間に邪魔をして相すまぬことであった」

安積がやえに詫《わ》び、慌しく年頭の挨拶が交わされた。

「湯が沸いておりますよ。安積様、まずは湯に浸かってくだされ。その間に酒の仕度をしますゆえな」

「旅から戻られたのは一松どのの方じゃ、まず入られよ」

と遠慮する安積を湯に追いやり、一松は久しぶりのわが屋敷に入った。

実家からすでに、身が切り分けられた魚や野菜を盛り上げた竹笊《たけざる》が届けられていた。

「囲炉裏の火も燃えておりますよ」

夕餉の菜も火もばあ様らが用意してくれたもののようだ。

一松は旅仕度を解くと大小を刀掛けに掛けようとしたが、そこにはすでに安積の差し料が掛けられてあった。そこで大小と木刀を床の間に立てかけ囲炉裏端の円座に座った。

自在鉤《じざいかぎ》に鉄瓶がかかって、しゅんしゅんと沸いていた。

「鮟鱇《あんこう》が手に入ったそうな、鮟鱇鍋にございますよ」

やえが夕餉の鍋の仕度をしながら一松にいった。

「やえ、旅もよいがわが家はなんとも落ち着くな」

「一松様とやえの家にございますよ」

「いかにも」

「やえは幸せ過ぎて罰が当たりそうです」

「不動明王に初詣でにいったばかり、早々神仏が気紛れを起こすとも考えられぬ」

「明日からはまた一人暮らしが始まります」

やえが一松に探りを入れるように言った。

「致し方ないわ。それがわれらの暮らしよ」

「薩摩の探索方は江戸に戻られましたか」

茂原街道の辻を最後に監視の目を一松は感じ取れなかった。ひょっとしたら萬次郎は戦いの場から立ち去ったか。

「一々相手の都合を思い悩んでもせんなきことだ、やえ」

「ほんにそうでございましたな」

一松が鉄瓶を囲炉裏の縁に下ろし、やえが運んできた燗徳利《かんどっくり》の蓋をとって、鉄瓶につ

けようとした。すると安積が、

「よい湯でござった。ささっ、一松どの、お燗番を交替致そう」

と姿を見せた。

「ならば頼もうか」

一松は湯殿に向かった。

五右衛門風呂に浸かりながら、格子窓越しに松風を聞いて、

「贅沢かな」

と一松は呟いていた。中間の子が、

「侍になる」

と宣告し、死に物狂いで剣術の腕を磨いてきた。

その結果、九十九里の浜に安息の地を得られた。だが、その安息がいかに脆《もろ》いものか、一松は承知していた。

水戸家に御用と言われれば即座に剣槍の場に出向き、薩摩の刺客たちの襲撃を避けつつ得られた一時の安住だ。

「それでよい」

一松はこのささやかな幸せを守るために五体を刃の下に晒すだけだ、と改めて覚悟し

た。

最後の一夜をやえと一緒に過ごした一松は、翌朝七つに安積覚兵衛とともに白子を出立した。

「いつお戻りですか」

とやえは訊かなかった。やえもまた一松の用が自らの意思で決められないことを承知していた。ただ、

「ご無事でいてください」

と送り出した。

一松は前夜床に就く前に光圀から頂戴した切餅一つをやえにおいてきた。

「まだ金子が十両ほど残っております」

「邪魔にはなるまい。おれは水戸のお長屋暮らしよ、銭などいかほどもかからぬわ」

「ならばなにかのときのために預かっておきます」

「そうせよ」

一松に後顧の憂いがなくもない。だが、その気持ちを振り払った。

安積と一松はまず九十九里に別れを告げて土気《とけ》街道を東に向かった。二人は大網《おおあみ》、土気

を経て、千葉から船橋《ふなばし》、行徳《ぎょうとく》へ抜けて、行徳河岸から便船で江戸は日本橋川小網《こあみ》河岸まで戻ろうと考えていた。

「一松どの、成田参りでなんぞござったか」

安積が訊いた。

昨夜、三人で鮟鱇鍋をつつきながら四方山《よもやま》話に興じたが安積も御用は持ち出さず、また一松とやえは成田山新勝寺の賑わいを話しただけだった。

だが、一松と付き合いを重ねてきた安積は敏感にも異変を嗅ぎ取ったようだ。

「薩摩の探索方がおれを見かけたか、土地のやくざと浪々の武芸者を差し向けよったわ」

一松は帰路の待ち伏せを告げた。

「光圀様が薩摩の島津綱貴《しまづつなたか》様へ書状にて忠言なされたにもかかわらず、薩摩は刺客を送り込む真似を致しましたか」

「探索方萬次郎の浅知恵よ。薩摩公も重臣もおそらく承知ではあるまい」

「いえ、探索方が一人で動くには藩の意思がなければなりませぬ。土地のやくざを差し向けたと申されましたな」

「まあ、まともな武芸者は埜末某と名乗った者だけであったわ」

「これまで度々一松どのに煮え湯を飲まされ続けてきた薩摩の探索方が負けを承知で送り

込んだには、なんぞ動機がなければなりませぬぞ」

二人は問答を交わしながらも足を休めることはない。

安積は剣術の腕こそ頼りにならなかったが、『大日本史』編纂の資料収集のために諸国を旅した健脚だ。

「薩摩としてはなんとしても一松どのを江戸においておきたい所存ではございませぬかな」

「となるとなんぞ新たな策を考えておるか」

「光圀様の書状を正面きって無視する太っ腹は薩摩にはございますまい。となれば、これまでとは違ったかたちで刺客を差し向けてきます」

「そのときはそのときよ。ここであれこれ考えたところで何の役に立とうか」

「それはそうにございますが」

「それよりこの一松を江戸に呼び戻す水戸の魂胆はなにか」

と一松は安積に訊いた。

「光圀公が江戸を発たれたばかりに早や動きがあった」

「なんだな」

「水戸家上屋敷には今も光圀様をお慕いする家臣団が大勢残っております。自らの政事の色模様に染めたい綱条様としては煙たい存在にございます。なにか新たなことをなさろうとすると老臣が、光圀様なればそうはなさりませぬ、習わしに反しますと小煩《こうる》そうございますからな。むろんこのことは光圀様が望まれたことではない。ともあれ、綱条様にとってもご家老藤井紋太夫様にとっても煩わしいことにございます。それが過日の光圀公暗殺未遂の因にございました。一松どのに改めて説明の要もないことじゃが、あの騒ぎ、御船手奉行が腹を切って一応のけりがつけられた。だが、一松どのが申されたとおり、毒蛇の頭は健在にござる」

一松は頷いた。

「紋太夫様の身辺に仕える二人の陪臣を紋太夫様手ずからお手打ちになされたそうな、その知らせが蔵屋敷用人服部久米蔵どのによって西山荘にもたらされた」

やはり服部は使いであったのだ。それも光圀派の使いであった。

「服部どのは用心をなされ、水戸街道を下らずに小網河岸から行徳船に乗られ、佐倉街道を初詣での装いで旅をされておった。そこで一松どのらに会ったというわけだ」

「藤井紋太夫が手打ちにした者は光圀公の密偵か」

「まあ、そのような者にござる」

安積は溜息を吐いた。

「ちと性急に過ぎるな」

一松は当代藩主の家老とはいえ、光圀暗殺未遂の黒幕として糾弾《きゅうだん》されたばかりの藤井紋太夫の果敢な動きに注目した。

「この一件、一松どのが関わっているといえないこともない」

「おれが」

「水戸への帰路、館山湊で娘を襲おうとした野犬を、一松どのが機転で撲殺《ぼくさつ》なされましたな。光圀公はその野犬の皮を船中なめして水戸に持ち帰られた」

「いかにもそのようなことがあった」

綱吉の御世、「生類憐みの令」が大手を振っている折だ。ことは重大だが、江戸を遠く離れた地での事件だった。

「また銚子湊では藤井紋太夫様が差し向けたと思われる小野派一刀流の達人白神孫三郎なる剣客を一松どのがうち破られた」

「いかにもそのようなこともあった」

「光圀様のお心が定まったのは藤井紋太夫の刺客に接せられたときではないでしょうか。神田川での暗殺騒ぎがようやく鎮まった直後に差し向けられた刺客にございますからな」

「心が定まった、とはなんだな」

「光圀様は一松どのが水戸を離れられた朝から三日にわたり、野犬狩りを城下で賑々《にぎにぎ》しく行なわれ、十数匹の犬を捕獲なされました。これらを悉《ことごと》く撲殺され、皮を剝《は》いでなめされた。それらと館山湊の皮とを一緒にして桐《きり》の箱に詰められ、早飛脚で江戸城へと送り届けられたのです」

さすがの一松も光圀の大胆極まる行動に仰天した。

「綱吉様へは武具材料として献上なされました。むろんこの献上の意味は天下の悪法『生類憐みの令』の愚かさを犬公方綱吉様に気づいていただくための荒療治でございまする」

「効《き》き過ぎたな」

「綱吉様、側近の柳沢保明様のお怒りが想像できます」

「柳沢は藤井紋太夫を改めて唆したか」

「お手打ちを強行された理由ではないかと光圀公も考えておられます」

「おれの江戸行きはなんだな」

「柳沢一派、藤井紋太夫派が今後なにを考えておるのか、光圀様は大安寺一松どのを彼らへの牽制として江戸に派遣されるのでございましょう」

と安積覚兵衛が言った。

(それだけの用事か)

疑いが一松の脳裏に走ったが頷いていた。

この日、二人は一気に佐倉街道の入口、行徳河岸まで足を延ばして翌朝の船便を待つため船着場近くの旅籠に投宿した。

この日、一松は薩摩の監視を意識することはなかった。

二

昼の刻限、深川を東西に掘り割った小名木《おなぎ》川高橋と万年橋の間の土手に向かって行徳船から飛んだ二つの影があった。

江戸に戻ってきた安積覚兵衛と大安寺一松の姿だ。

行徳船の終着は日本橋川の小網河岸だ。そこまで乗ればまた大川を渡って引き返すことになる。そこで船頭に頼んで船を岸に寄せてもらい、船を止めることなく土手に飛び上がったのだ。

二人は大川の左岸沿いに小梅村の水戸家蔵屋敷まで上がった。

蔵屋敷に到着したのが九つ半（午後一時）前か。

安積は蔵屋敷の家老などに江戸帰邸の挨拶に回った。

一方、一松にはさような気遣いもなく、年末年始と空けられていたお長屋に入った。だれか屋敷の者が気遣いしてくれたか、夜具も時折陽に当てられた様子でふっくらとしていた。

一松は閉じられていた戸を開き、格子窓を開けて風を入れた。

長船兼光と木刀をお長屋の壁に立てかけ、脇差だけを腰に早速台所に顔を出した。

その朝、行徳河岸の旅籠で、

「一番船が出るぞ！」

と番頭に急《せ》かされながら搔《か》き込んだ炊き立ての飯一杯と熱々の味噌汁だけがその日腹に入れたものだ。

行徳河岸の旅籠ではいつも炊き立ての飯に熱々の豆腐汁を用意してあった。これは親切ではなかった。客が十分に食べられないように熱々にしてあるのだ。その上、船が出ると急かされると、まず客は朝餉も取らずに船に飛び乗った。

「なんでえ、船は出ねえじゃねえか。もう四半刻（三十分）も待たされていらあ」

「兄さん、それが旅籠の手よ。兄さんのように朝から三杯飯をかっ食らおうという手合いを早々と船に乗せて、釜の飯を残そうという知恵だ」

「知恵も糞もあるものか、おりゃ、もう一度宿に戻って飯を頼もう」

「江戸の客は草鞋を履いた後、また旅籠に戻り、二度飯かえと笑われるぜ」

「糞っ、商人はどこも抜け目がねえや」

一松たちも乗り合い客のぼやきを聞いて、あれが追い立てる手かと気づかされた。ともかく腹が減っていた。

蔵屋敷の広々とした台所に入ると、

「おおっ、仁王様、江戸に戻られたか」

と飯炊きのおとくが火吹き竹を手に声をかけてきた。

「今朝方、行徳船に乗り、先ほど立ち戻った。なんぞ食わせてくれぬか」

「あいよ」

おとくが火吹き竹を竈の前に置くと折敷膳《おしきぜん》を用意した。

一松の前に供されたのは鯊《はぜ》の甘露煮と味噌汁、納豆に丼飯だ。

「残り物だ、夕餉までのつなぎだ」

「結構結構」

飯を前にした一松に不満はない。丼飯を二杯食べ、満足の体で台所からお長屋に戻った。

すぐに動くかどうか、江戸の情勢次第だ。

一松は夜具を敷き延べ、ごろりと横になった。

どれほどの刻限、眠ったか、戸が開けられる気配に目を覚ました。

「一松どの、おられるか」

安積の、緊張の声がした。

一松が起き上がるとすでに夕闇が迫っていた。

「同道願おうか」

「承知した」

一松は薄暗がりの中、長船兼光と脇差を腰に差し込み、木刀を手にした。敷かれた夜具は足先で部屋の隅に丸め転がした。

御三家の家臣にして大学者が一松の無作法に目を丸くしたが、なにも言わなかった。

安積は長屋を出ると蔵屋敷の船着場に一松を連れていった。そこには小舟が待機していた。船頭は水戸家の印半纏を裏返しに着た中間だ。

安積は辺りを気にして見回した。

二人が乗り込むと舟の舫いが解かれた。小舟は蔵屋敷の船着場を離れると、大川を斜めに下った。

一松は行き先を訊こうとしない。安積も話さない。ただ、

「御厩《おうまや》河岸ノ渡し場へ」

と船頭の中間に安積が告げただけだ。

安積は手にしていた深網笠を被った。

夕暮れ、仕事を終えた荷足舟《にたりぶね》やら荷船の櫓がのんびりとした音を響かせ、猪牙舟が上流へと漕ぎ上がっていった。いつもの光景がいつものように大川の水上に展開されていた。

一松はぼうっと往来する船や明かりの点った町屋を眺めながら、

（江戸はいいな）

と考えていた
一松は江戸の町屋暮らしなど知らぬままに男臭い大名屋敷の中間部屋で育った。だが、屋敷から放り出され、江戸所払いの沙汰を受けて、江戸のよさが分かったと思った。

江戸の町の大半が将軍家を中心に三百諸侯、旗本八万騎の武家屋敷に占拠されて、諸事堅苦しいところであった。

武家屋敷にへばりつくように町屋が薄く広がっていたが、その裏長屋や路地からお互いが助け合うための人情や意気や義理が生まれてきたのだ。

そんな心意気は、大名屋敷でも下屋敷や蔵屋敷の台所や厩に広がっているような気がした。裏長屋のおかみさん同様におとくのような女がいて、武家屋敷の台所を仕切っていた。

小舟は大川を斜めに突っ切り、御厩河岸ノ渡しに近づいていった。

仕舞い船か、大勢の乗合客を積んで深川へと向かう渡し船と一松らが乗る小舟はすれ違い、渡し場横の船着場に舳先《へさき》があたった。

「ご苦労であったな」

安積が船頭に礼を言い、船着場に上がった。

木刀を担いだ一松も続いた。

御蔵前通りに出た安積は北へ向かい、すぐに通りの西側の町屋へと入った。町屋から寺町へと目まぐるしいほどに方向を転じ、辻では辺りを窺った。

安積は尾行を気にしていた。

「安積どの、尾行の者に心当たりあるか」

「用心にこしたことはないでな」

「尾行はついておらぬ」

一松が言い切り、安積が頷いた。

東本願寺《ひがしほんがんじ》の前に出た。

この界隈から西へ、上野《うえの》山下に向かって新寺町通りが抜けていた。

「服部どのが水戸にもたらした報告からさらに事が進み、急激に屋敷内の対立が深まっており申す、憂慮《ゆうりょ》すべき事態に陥っているようです」

と安積は尾行を気にかけた理由を述べた。

一松は黙って耳を傾けることにした。

「まずご老公が綱吉様に献上なされた犬のなめし皮が波紋を広げております。綱吉様直々のお言葉は城奥からもれてはきませぬが、その代弁を御側御用人の柳沢保明様がいろいろとなされているようでございましてな。綱条様が呼ばれ、きついお叱りを受けたそうにございます」

「柳沢と藤井紋太夫とは肝胆相照《かんたんあいて》らす仲、紋太夫の主の綱条様と柳沢は互いに立場を承知しておる間柄であろうが」

「そこです。これは他の大名諸侯へ見せしめのためのお叱りにございましょう。御三家として将軍家に逆らえばどうなるかという脅しにございます。ともあれ、綱吉様がご老公の諫《かん》言《げん》を受け入れず、大層ご立腹なされたことだけは確かにございましょう」

「光圀様になんぞ咎めがあるか」

「今すぐにはございますまい。というのが本日、あれこれと探った結論にございます。だが、綱条様は柳沢保明様、つまりは綱吉様の意向を受けて水戸家内部の光圀派の粛清《しゅくせい》に手を染められました」

「それが先の密偵二人のお手打ちか」

「いかにも。あれを皮切りに水戸家の上屋敷、中屋敷、下屋敷、蔵屋敷と藤井紋太夫が直接指揮する御目付が入り、光圀様を慕う家臣らの狩り出しを始めたそうな」

安積は重い息を吐いた。

「一方で光圀様が水戸から献上なされた犬の皮の一件、大半の三百諸侯、また江戸の巷《ちまた》では大変な歓迎を受け、読売が密かに出されたとか。城中では表立っては光圀公乱心などともっともな顔で言い交わす大名方が、裏に回ると快哉《かいさい》を叫んでいるそうです。また町屋には、
老公に贈られし犬のなめし皮十五枚　公方の顔は真っ青五体ぶるぶる
などといった落首が氾濫《はんらん》しているそうな」

「犬よりも人命が軽い世の中がおかしいのはだれにも分かることよ」

「綱吉様はごく限られた側近の言葉しかお受けつけにならず、偏ったご政道を続けておられます」

「無理は長くは続くまい」

安積が首を横に振った。

「将軍家のお力は絶対です。かりにそれが間違った御法でも、将軍家が代替わりなさらないかぎり続きます」

「綱吉様の死を待つしかないか」

「いかにも」

安積がまた吐息を洩らした。

二人は下谷車坂の辻にぶつかり、安積は南へ、下谷広小路の方角へと曲がった。

広小路にはまだ賑わいがあった、大勢の人々が往来し、安積の緊張も薄らいだ。

だが、それも一時のことだった。

不忍池《しのばずのいけ》の南岸から湯島天神《ゆしまてんじん》下の切通しに差し掛かった。人影も急に少なくなった。すると安積の体が再び緊張するのが分かった。切通しを抜け、さらに進んだ。

右手に大きな寺の塀が見えた。

山門に差し掛かると麟祥院《りんしょういん》という寺だということが一松にも分かった。

安積はふいに御家人屋敷が並ぶ小路へと曲がった。

なぜかくも用心を重ねるか、一松は訊かなかった。ただ、安積に従うだけだ。

辺りの闇がさらに深くなった。

二人の足音だけが屋敷町に響いた。

安積は二度三度と曲がり、寺町、町屋へと風景が変わり、ふいに行く手から冷たい風が吹き上がってきた。

二人はいつしか神田明神の境内に入っていた。

安積は神田明神の暗がりに立ち止まり、尾行者がないことを確かめた。

一松はどうやら安積が訪ねる場所も近いなと考えた。だが、それは思い違いだった。

安積は境内の暗がりを伝い、社殿の裏手に出た。

再び尾行者を警戒する歩行が続き、五つ（午後八時）の時鐘を聞いた後、安積はふいに方向を転じた。さらに高低差のある町を上り下りして、安積が最後に辿りついたのは、先ほどからその近くを何度か往来した湯島天神だった。

安積は最後に境内の裏口で立ち止まり、尾行者のないことを確かめた。

「こちらは光圀公とゆかりのある天神様でしてな、天神様の梅林庵を借り受けました」

「集まりか」

「いかにも光圀公をお慕いする家臣が各屋敷から参集致します」

水戸屋敷の外に出て、光圀派が隠れ家に参集することは異常事態であった。それほど光圀派が切迫しているとも言えた。

「一松どの、繰り返すことになるがそなたに申しておこう。光圀公は予てより綱条様がお考えになるご政道がいかにあろうと支持されると言明しておられる。綱条様もまたご老公の敷かれた仁政は尊ぶと、早急の変革を望んではおられぬ。だがな、事実は違う。綱条様の側近の藤井紋太夫様方はご老公光圀色を払拭して綱条様の藩政を一気に確立なされようとしておられる。一松どのには説明の要もなきことだが、血の犠牲を顧みずの変革だ。その変革を綱吉様御側御用人の柳沢様方が後押しして、事をややこしくしてしもうた」

安積の話はどこか迂遠《うえん》だった。それだけ迷いがあるということであろうか。

「今宵、小石川《こいしかわ》の上屋敷、駒込《こまごめ》と目白《めじろ》の中屋敷、本所小梅村の蔵屋敷から有志の方々が十数人こちらに集まられる。この中にはすでに藤井紋太夫の息がかかった御目付が入り、御家改易を仄《ほの》めかされた方もおられる。そればかりか此度の粛清で江戸四屋敷の何十人かのお命が危険に晒されておるとわれらは危惧しておる」

安積は再び闇を透かした。

「ゆえあって武士が身を処するのは致し方なきこと、いや、それが武士の本懐であろう。だが、此度の粛清は幕府のご政道の歪《ゆが》みと絡んでおる。幕政を見守ることを家康様より託された水戸家が絶対に許してはならぬことである」

「安積覚兵衛どの、そなたは光圀公の代理か」

しばし沈黙を守った安積が、

「それがし、ご老公の書簡を懐にしておる」

と答えた。

それが安積の極度の緊張の理由であった。

「今宵の会議次第では水戸各屋敷に騒乱が起こるか」

「一松どの、そのようなことが起こっては、水戸家は世間の物笑いの種にござる。なんとしてもそれを止めねば」

「だが、今宵の集いを藤井紋太夫らが知れば反発を招こう、刺激致すことにもなろう」

「いかにも」

と答えた安積がゆっくりと歩き出した。

一松は従った。

「だが、座視致さば水戸の忠臣十数名の命が奪われることになる」

「本日の集まりは決起か、諫めるためか」

一松の重ねての問いにはもはや安積は答えなかった。

「安積覚兵衛、光圀公の代理として命を賭すと覚悟致した。それが江戸に出て分かり申した」

安積の足が早まった。

梅林の中に竹塀に囲まれた梅林庵があった。茅葺《かやぶ》き屋根の門を潜ると屋敷に大勢の人の気配がした。だが、談笑している様子はなかった。梅林庵は大きくはないが母屋と離れ屋からなっていた。

「一松どの、夜を徹しての会議になろうかと思う」

「存分に」

式台前に二人の武家が控えていた。

安積が無言で挨拶し、相手も黙って頷くと一人が案内に立った。どうやら集まりは離れ屋で行なわれる様子だ。

一松はどうしたものかとその場に佇んでいると、

「供のお方はこちらへ」

ともう一人が声をかけ、梅林庵の内玄関から母屋へと招じ上げられた。

一松は肩に担いだ木刀を左手に提げ、従った。

母屋の座敷の間に十数人の若い家臣たちがいた。どうやら集まりの主の警護をしてきた若侍のようだ。

一松だけが異風の出で立ちで、若侍たちが、ぎょっとした目付きで一松を見た。

じろり

と一松が見返した。すると慌てて目を逸らすものや、睨み返すものがいた。

一松は座敷の間から一段下に台所の板の間が接しているのを見てとり、そちらの一角に座を占めた。むろん茶が供されるわけでもなく、応対する者もいない。

ただ長い一夜を過ごすということだけが分かっていた。

胡坐をかいた一松はただ待った。待つしか方策はなかった。

上段の座敷の若侍の中には同じ水戸家の家臣ゆえ知り合いもいて、ぼそぼそと会話をする者もいたがそれとて長くは続かなかった。だれもが水戸家の危機を承知していた。

四つ（午後十時）の時鐘が鳴り、四つ半（午後十一時）、九つ（午前零時）と時が過ぎた。

一松は立つと玄関へ回った。

「厠《かわや》なれば廊下の奥にござる」

玄関番の侍がなにか言いかけたが、

「厠ではない、ちと外の空気が吸いたいだけだ」

一松は無視して梅林庵の庭に下りた。

風はない。

だが、寒気が湯島天神の境内を覆い、どこからともなく梅の香が漂ってきた。

茅葺きの門扉は閉じられていた。

一松は閂《かんぬき》を外し、外に出た。

梅林庵を出た一松は湯島天神の社殿に回った。

湯島郷の鎮守《ちんじゅ》とされる湯島天神には、菅原道真《すがわらのみちざね》・天之手力雄命《あまのたぢからおのみこと》が祀られていた。

創建は文和《ぶんな》年間（一三五二～五六）とされ、文明《ぶんめい》十年（一四七八）に太田道灌《おおたどうかん》によって再建された。

一松は拝殿で拝むでもなく、頭を下げるでもなく闇から漂う梅の香を嗅《か》いで、時を待った。

一松が再び動いたのは八つ（午前二時）前の刻限だ。

茅葺き屋根の門を潜り、屋敷に戻ると庭から極秘の会議が行なわれる離れ屋へと向かった。

四半刻後、湯島天神の境内に殺気が満ちた。そして、それがひたひたと集まりの場に押し寄せてきた。

三

水戸藩の光圀派有志の集まりの場、湯島天神の梅林庵は蟻《あり》の這い出る隙もないほどに取り囲まれていた。

その数、およそ四、五十人はいたろうか。

元々湯島天神梅林庵が集まりの場に選ばれたのは、小石川の上屋敷からも駒込の中屋敷からも近いということにあった。

反光圀派を粛清すべき藤井紋太夫一派もまた、この地の利を有して二つの屋敷から討伐隊を組織していた。

この者たちには綱条に讃岐高松から随行してきた面々を中心に選ばれていた。さらに紋太夫は光圀派の有志が抵抗することを考え、江戸じゅうの町道場にあたり、剣技抜群の武芸者五人を選び、討伐隊の中核に据えていた。

その豪の者たちとは、

新陰流剣術奥伝佐分利《さぶり》五郎兵衛《ごろべえ》

無形流剣術免許立城《たてしろ》一伯《いっぱく》

鐘巻流剣術師範太田垣《おおたがき》復堂《ふくどう》

東軍流免許皆伝朝村《あさむら》司太郎《したろう》道雄《みちかつ》

無辺流鑓術師範青山《あおやま》時正《ときまさ》

だ。五名のうち、青山が室内での闘争に備え、柄の長さ、六尺余の短槍を携えていた。

藤井紋太夫はこの夜の集まりを夕暮れの刻限に察知した。狙いをつけていた光圀派の面々が密かに行動を起こしたからだ。その時点で紋太夫は、予てから用意してきた討伐隊を参集させ、さらに五人の武芸者に声をかけた。

紋太夫は師走の内に光圀を暗殺しようと企て、御船手奉行を巻き込み、屋形船を襲撃した。だが、この折には中間上がりの偽侍大安寺一松が光圀に随行して、手痛い反撃を受け、紋太夫自身が詰め腹を切らされる羽目に陥りそうになった。

綱条の口添えでなんとか一命は救われたが、紋太夫派は大打撃を受けた。

なんとしても光圀を江戸から水戸に帰した後、反撃の機会をと虎視眈々《こしたんたん》と狙ってきた紋太夫が待ちに待った機会が到来したのだ。

頭巾を被った紋太夫は無言の裡に下知しようとして梅林庵離れ屋の明かりを確かめた。談合に熱中するあまりか暗殺団の気配に気づいていない。密やかに交わされる声が庭まで洩れてきた。

紋太夫は武芸者の頭目格佐分利五郎兵衛と話し合い、討伐隊の全力を離れ屋に集中して一気に光圀派首謀者を暗殺する手筈を整えた。警護に従ってきた者たちが離れ屋に駆けつけるまでに勝負を決し、警護の者たちが手向かうようならば離れ屋襲撃の後詰めが殺戮する。

不意をついたうえに手勢は相手の三倍と推測された。なにより光圀が水戸の西山荘に去り、化け物も江戸から消えていた。

光圀派を一掃する好機到来に紋太夫は片手を挙げ、暗殺団の突入を命じた。

袴の股立《ももだ》ちをとり、頭には額金を縫い込んだ鉢巻を巻き、襷がけにした刺客団は剣槍を構え、梅林庵の離れ屋に裏と表から襲いかかった。

話し声がふいに途切れ、慌てふためく様子が佐分利には感じられた。だが、その狼狽《ろうばい》の気配が一瞬にして消え、静寂が漂った。

うーむ
と訝しく思った佐分利は、

「各々方、しばし待たれよ」

と縁側に飛び上がろうとした刺客団を止めた。

佐分利と頷き合ったのは無辺流鑓術師範の青山時正だ。青山はいったん動きを止めた後、するすると庭に下りる足掛け石から縁側に片足を乗せ、無言のうちに槍の穂先を障子の向こうへと突っこんだ。

大勢の人間が談合しているはずの座敷になんの手応えもなく、無益にも空を突いた。

「おかしい」

と穂先を引き抜こうとした青山は、穂先がだれかに握られていることに驚愕した。槍の名手の穂先をだれかが抱え込んでいた。力任せに引こうにも突こうとも、

びくり

とも動かなかった。

「青山氏、どうなされた」

佐分利が問い、

「ちと異なことが」

と答えた青山は手前に引こうとした動作の後、ふいに突きに転じ、さらにその隙に引き抜こうと試みた。その試みは半分的中した。最後に引き抜こうとした瞬間、相手の力がふいに緩んだ。青山は両手に槍の柄を抱えて無様にも庭に尻餅をついた。

「おのれ、障子を開けよ！」

佐分利の命に縁側に飛び上がった刺客二人が左右に障子を押し開いた。

おおおっ！

と刺客団の間から驚きの声が洩れた。

集まりの場に光圀派の有志の姿なく、一人の巨漢がかたわらに木刀を引き付けて、孤座《こざ》していた。

「おのれ、化け物め、江戸に舞い戻っておったか！」

頭巾に隠された紋太夫の口からこの言葉が洩れた。

「こやつが偽侍か」

佐分利が問い、

「一気に押し包み、殺せ！」

と刺客団に命じた。

縁側から座敷へと駆け上がり、穂先を一松の胸にぴたりとつけたのは無辺流の槍の達人青山だ。青山には最前障子越しに空を切らされた恨みがあった。恥を雪《すす》ぐためには一番槍をつける要があった。

一松が悠然とその場に片膝を立て、木刀を摑み、切っ先を天井に向けて垂直に立てた。

憤怒《ふんぬ》の表情の青山は腹に力を溜め、一気に吐き出すと同時に穂先も一松の胸へと突き出された。

穂先が一条の光になって伸びた。

無言の気合いを発した一松の体が片膝立ちのままに虚空に浮かび、膝の下を槍の穂先がすいっと滑っていき、
ちぇーすと！

の響きとともに木刀が円弧を描いて振り下ろされた。

がつん!

電撃の勢いで振り下ろされた木刀が青山時正の額を叩き割って血飛沫を撒《ま》き散らした。

体が横倒しに飛んで痙攣《けいれん》した。

その瞬間には一松は元の場所で片膝立ちに戻っていた。

刺客団の面々が刀を連ねて突っ込んできた。

一松はその場から頑固にも動こうとはせず、ただ方向を転じつつ片膝立ちの構えで飛び上がり、木刀を横殴りに叩きつけ、上段から振り下ろし、また片膝を突いて畳に座した。

さらに再び虚空へと飛び、縦横無尽に四尺五寸の木刀を振るい続けた。

一瞬、戦機が途切れた。

一松は再び孤座に戻り、その周辺には血塗れの刺客たち十人ほどが倒れ込み、阿鼻《あび》叫《きよう》喚《かん》の様相を呈していた。

「おのれ、偽侍が」

佐分利五郎兵衛の念頭にはこの考えだけが暴れ回っていた。それでも、

「死骸を座敷から引き摺りだせ。邪魔じゃ!」

と刺客団の若手に命じた。

呻《うめ》き苦しむ仲間たちの足や手を引き、座敷の外へとなんとか運び出した。だが、一松のすぐかたわらに青山ら三人が残り、そのうちの一人は断末魔の痙攣を繰り返していた。

一松はと見れば全身血塗れで、らんらんと光る両眼にはめらめらと炎《ほむら》が燃え上がっていた。

愛甲派示現流の力動的な動きと攻撃を自ら封じた一松は、静寂を保って次なる攻撃に備えていた。

「参る！」

佐分利が三人の武芸者に声をかけた。

「おうっ」

「畏《かしこ》まった」

さすがに修羅場を何度も潜り抜けてきた兵《つわもの》たち、一松を四方から囲むように足元の血溜まりを気にしつつも押し包んだ。

佐分利五郎兵衛は一松の正面に立っていた。

大安寺一松は愛甲派示現流の、広大無辺に駆け回る孤戦の有利性を捨てていた。その代わり、座して四尺五寸の木刀を振るう空間を得ていた。

一松の右には東軍流の朝村司太郎がいた。

左手には無形流の立城一伯が、背後には鐘巻流の太田垣復堂が正眼の剣を一松の後頭部に向けて据物斬りで間合いを計っていた。

佐分利がもう半歩踏み込めば生死の間境を切ることになる。だが、そこには一松に斃された三人の仲間がいて、うち一人の痙攣は虫の息へと変わろうとしていた。

足場が悪かった。

一松は座して足場の悪さを優位に転じていた。

（小賢《こざか》しき偽侍かな）

阿吽《あうん》の呼吸で戦機が熟した。

外では集まりの面々を警護してきた家臣たちが刺客団の一部と睨み合いをしていた。

庭で対峙するのは同じ水戸家の面々同士だ。そう簡単に斬り合いに入ることはできなかった。

一松が腹に力を溜めた。

その気配が四人の武芸者に伝わり、佐分利が踏み込もうとした瞬間、一松が再び片膝立ちから虚空に飛ぶと、

くるり

と反転して間合いを計っていた太田垣復堂の正面へと向いた。

得たり
とばかり太田垣は正眼の剣を引き付け、踏み込みざまに虚空に浮く一松の胸を斬り割らんとした。

その直後、天から雪崩れるように木刀が振り下ろされ、
がつん
と太田垣の脳天を叩き割った。

一松は血溜まりに戻るところりと横手に転がり、無形流の立城一伯の膝を片手殴りに薙《な》ぎ、吹き飛ばしていた。さらに元の位置に転がり戻った。

腰を存分に入れた東軍流の朝村司太郎が刀の切っ先を転がり戻った一松に突きかけた。

一松はそのことを計算していた。

立城を薙《な》いだ木刀を強引に朝村へと振り回し、朝村の突きかけた刀身と一緒に腹部をも強打していた。

朝村も隣座敷へと転がり飛んでいた。

一瞬の早業であった。

凄《すさ》まじい腕力であり、圧倒的な力だった。

佐分利五郎兵衛は三人の仲間が殴殺されるのを不覚にもただ見ていた。そして、一松が

再び元の場所に片膝立ちに戻ったとき、使命を思い出した。

騒乱の戦いの中での静寂。

一松と佐分利、一間（約一・八メートル）を切った間合いで睨み合った。

佐分利はもはや小手先の技ではこの一松に勝てぬことを承知していた。自らの命を賭して一撃するしか方策はなかった。

三十四年の武者修行が教えていた。

一松の双眸《そうぼう》からめらめらと燃え上がる炎は掻《か》き消え、氷のように冷たい視線が佐分利の動きを見ていた。

（奴を動かせ）

片膝立ちから動かすことが佐分利の勝ちを約束しているように思えた。佐分利は正眼の構えのままに、

「下郎、血溜まりで悶《もだ》え死ぬるか」

と一松に言いかけた。すると一松が、
にたり
と血塗れの頬に笑みを浮かべた。

一松は片膝立ちからゆらりと迫《せ》り上がるように立った。

身丈五尺七寸三分（約一七四センチ）の佐分利は、孤座から立ち上がった一松が巨軀であることに気づいた。

（なんという化け物か）

今まで見下ろしていた一松から反対に見下ろされていた。それが老練な武芸者佐分利をして、恐怖心を起こさせた。

「おのれ！」

恐怖心を振り払うように佐分利五郎兵衛は踏み込み、ただ一撃に生死を賭けた。

一松は胸元に立てた木刀を天井に向かって突き上げ、突き破るとそのまま振り下ろした。

ちぇーすと！

怪鳥の鳴き声のような気合いに梅林庵が震えた。

木刀が振り下ろされ、佐分利の必殺の剣と狭い空間で交わった。

一松は立ち上がった姿勢から片膝立ちに畳に落下し、その反動を木刀にこめて振り下ろした。

剣と木刀。

打撃は鴻毛《こうもう》の軽さほどの差もなかった。

だが、その差が生と死を分かった。

木刀が佐分利五郎兵衛の額を叩き割り、佐分利の鍛え上げられた五体がくねくねとその場で揺れ動き、腰砕けに血溜まりの中に倒れ込んだ。

その瞬間、一松は片膝立ちの、孤座の姿勢に戻っていた。

森閑とした静寂が湯島天神梅林庵を包んだ。

安積覚兵衛は真っ暗な床下に這《は》い蹲《つくば》り、仲間たちの潜めた息遣いを聞いていた。

集まりの場に突然、一松が姿を見せて、押し殺した声で矢継ぎ早に命を発した。

暗殺団の到来を告げる声音には、周囲の人間を黙って従わせる迫力がこめられていた。

一松の命のままに談合を続ける風を装い、ひたひたと暗殺団が梅林庵を囲んだとき、一松は脇差を抜いて座敷の畳を撥ね上げ、床板を剝《は》がすと安積を始め、光圀派の面々を床下へと隠れさせた。さらに畳が嵌《は》め直されて、暗黒の中で戦いの気配だけを聞くことになった。

戦いの時が長かったのか短かったのか、安積には分別もつかないほど重苦しい時間だった。

ただ、終わった気配は感じ取った。

どちらが勝ちを制したか。

いつまで闇の床下に忍んでいればよいのか。

千々《ちぢ》に思いが乱れた。

ふいに畳が上げられた。

明かりが差し込んできた。すると安積らの鼻孔に、
ふあっ
と血と死の臭いが襲いきて、安積の額に血が垂れ落ちてきた。

「終わった」

と一松の声がした。

床下から光圀派の面々十数人が立ち上がり、惨劇の光景に呆然自失した。

船中不動斬り改め、

「秘剣孤座《こざ》」

安積は血溜まりに座す一松の呟きを聞いた。

どうやら一松が新たな剣技を完成させたようだと考えながら、安積覚兵衛は庭を見た。

だが、すでに生き残った暗殺団の姿はなく、庭先には恐怖に怯《おび》えた表情で立ち尽くす光圀派警護の若侍たちの姿があった。

「暗闘はいつまで続くのか、安積氏」

一人の仲間が震える声で訊いた。

「野々村《ののむら》様、それがしにも分かりませぬ」

と答えた安積が、

「はっきりとしていることがある。この騒ぎ、水戸家の外に洩れてはならぬということです。なんとしても極秘の裡《うち》にこの始末つけねばなりませぬぞ、野々村様、各々方」

「いかにもそうであったな」

床下から座敷に上がった面々は庭先の若侍らに下知して後始末に入った。

一松は血溜まりから立ち上がると母屋の湯殿へと向かった。

桶で何杯も水を被った。血に塗れた五体から臭いが消えるまで何十杯となく冷水を被り続けた。

冷たさが爽快感に変わらんとする中で一松は、二つの船中不動斬りをさらに究極のかたちへと発展させた、

「秘剣孤座」

の動きを封じた効力をなぞっていた。

戦いの場は広大無辺の砂浜や野っ原ばかりとは限らぬ。江戸にあれば、限られた空間で大勢の敵を相手にすることもあろう。動かずに四方八方の敵を相手する、そのために創案

された「秘剣孤座」だ。

狭い空間でいかに木刀に力を与えるか、これが課題であった。

（まあ、あんなものか）

一松が思ったとき、湯殿に人の気配がした。

かたわらに置いた木刀を手に振り向くと、安積覚兵衛が古浴衣を手に立っていた。

「後始末、終わられたか」

「なんとか死骸を納屋に運び込み、蔵屋敷に移す手配を終えたところだ。これからの始末が大変じゃぞ」

と答えた安積が、

「一松どの、斃《たお》した敵の数を承知か」

「十人ほどか」

「十三人が絶命してござる」

安積が重い溜息をついた。

「手を下さねばそなた方の死骸が納屋に運ばれた」

「申されるとおり」

と自らを納得させるように首肯した安積が、

「ご老公は本日お集まりの面々に、そなたらの藩主は綱条様ただお一人である、綱条様に忠義を尽くし奉公に精を出せと自制する書状をそれがしに託されたのだ。それが憎しみを増す集まりになってしもうた」

「忘れてはならぬ。仕掛けたのは藤井紋太夫ということをな」

「いかにも」

安積が古浴衣を一松に、

「このようなものしか見つからなかった。蔵屋敷まで辛抱なされよ」

と差し出した。

四

小梅村水戸家の蔵屋敷に緊迫した数日が続いた。いや、御三家水戸藩自体が一触即発の緊張のただ中にあった。

江戸にある水戸藩四屋敷の間を頻繁に使者が昼夜を問わず行き交った。むろん水戸城下、西山荘と早馬が往来し、混乱を鎮めるためか、新たな騒動に備えるためか、家臣団が走り回り、集まりをもった。

その様子を幕府の密偵、柳沢保明の隠密らが注視していた。

湯島天神梅林庵の戦いから三日後の夜、蔵屋敷に密かに小舟が次から次へと到着し、塩漬けにされた亡骸を積んでまた去っていった。さらに残りの数体は水戸家の御用船に積まれて江戸から消えた。

一松はお長屋で暮らしながらそんな騒ぎを横目に見ていた。

幾分平静を取り戻した蔵屋敷の台所に一松が姿を見せた。

台所の女衆は朝餉の後片付けを終え、自分たちの膳を囲んで箸をとっていた。

「おや、仁王様も腹が空いたか」

飯炊きのおとくが一つ残されていた膳の上の布巾《ふきん》をとり、飯を丼に盛り、温め直した味噌汁を添えて供してくれた。

「ようやく屋敷の方々も腹が空くことを思い出されたようだ」

この数日、まともな刻限に飯を食する家臣となく、夜中に沢山の握り飯の注文があったりして台所もその対応に追われていた。

それがいつもどおりの朝餉の風景に戻ったというのだ。

「なによりであったな」

膳の上には鰺《あじ》の開きと茄子《なす》の古漬けがあった。味噌汁の具は千切り大根だ。小皿にはし、もつかれがあって、一松にはいうことなしの膳だった。

おとくはすでに食べ終えたか、一松が箸をとる膳の前に座り、

「一体全体なにがあっただねえ、一松様」

と訊いた。

一松は答えない。おとくは格別一松の返事を期待している様子もなく、独りで勝手に喋った。

「なんでもあの夜、斬り殺された死体がよ、この蔵屋敷に何十も運び込まれたというではねえか。公方様とご老公の考えが対立してよ、双方のご家来が戦《いくさ》をしたという噂が飛んでおるがほんとかねえ。わたしはちいとばかり違うと見たがねえ」

一松は温め直して少し辛くなった味噌汁を啜《すす》り、味の染みた大根を箸で摘《つま》んで口に入れた。

「おまえ様はご家来ではねえから、そんだらのんびりした面付きをしていられるだ。ご家中の方なれば一大事とばかり、顔を引き攣《つ》らせて走り回っておられるわ」

「走り回ってどうなるものでもあるまい」

「そりゃあそうだがよ、この騒ぎはあとを引くな」

「あとを引くか」

「ああ、引く。大きな声じゃいえねえが、水戸の隠居なされた光圀様が関わっておいでだ。となるとことは簡単にすまねえだ。腹を切られるご家来がまだまだ出るとよ、このおとくは睨んだがねえ」

一松は茄子の古漬けを口に放り込んだ。

「おめえ様の胃の腑《ふ》はいつだろうと変わりねえがよ、蔵屋敷の侍方の食いっぷりが元に戻ってねえ。膳の飯も菜も残してあらあ」

とおとくは飯炊きらしい推量を吐露《とろ》した。

「まあ、元に戻るのはだいぶ先だな」

とおとくがご託宣《たくせん》を告げたとき、台所に安積覚兵衛が入ってきた。

「安積様はまんだ朝餉が済んでねえか」

おとくの遠慮のない問いに安積が疲れをこびりつかせた顔に手を添えて、無精髭の顎を撫でた。

「さて、いつ飯を食したか、覚えがない」

騒ぎの後始末に奔走《ほんそう》した一人だ。綱渡りにも似た緊張を強いられ気を遣い、まともに膳を前にしたことなどなかったのであろう。

「一松様よ、こんな風だ。騒ぎが落ち着くには時が要らあね」

と言い、安積になんぞ食べるかと訊いた。

「食べる気もせぬ」

安積は綺麗《きれい》に片付いた一松の膳を見た。

「一松どの、ちとそれがしと付き合ってくだされ」

「承知」

一松は膳から立とうとした。すると安積が手で制し、

「茶をくれぬか」

とおとくに言い、一松の前にどたりと座った。

「そう急ぐこともないでな」

と独りごちた安積が指先で閉じた瞼の上を何度も押さえた。

この数日、横になったことのない安積だ。疲労は極限に達し、困憊《こんぱい》していた。

「済んだ」

と呻くように洩らした。

「台所の女どもは騒ぎがあとを引くと考えておる」

「当事者より傍観者の考えの方が的を射ていることがある」

安積は素直に考えを述べた。先ほど洩らした言葉とは矛盾していた。それが水戸家のお

かれた立場を如実に示していた。

「いかにも」

「光圀公が綱条様に書簡を送られた。表面上水戸家内部はなんの問題もない、なくなった。だが……」

と言いかけ、
ふうっ
と重い息を吐いた。

安積はそれ以上の話題に蓋《ふた》をした。

若い女中が茶を二つ運んできた。

二人は黙したまま茶を喫した。

「一松どの、船着場で会おう」

安積が台所から立ち去るのを見て、一松も立ち上がった。

猪牙舟の櫓を一松が漕いで、蔵屋敷の船着場を離れた。最初、安積が櫓を握ったが、一松が、

「おれが代わろう」

と申し出たのだ。

「河口へと下ってくだされ」

安積は猪牙の行き先を示した。

一松は小舟を流れに乗せて、ゆったりと櫓を操った。

昼前の刻限、大川には長閑《のどか》な陽射しが落ちていた。水も温《ぬる》んだ気配で、明日は小正月だ。

「水戸にはお帰りにならぬか」

安積覚兵衛は政事も不向き、藩務も不得意、光圀の従者として『大日本史』の編纂《へんさん》にあたる学者だった。

水戸に戻り、藩の御書物庫に籠《こも》って書物に囲まれているのが一番の幸せだった。それが気づけば光圀の代理として不得手な政事に、それも血腥い暗闘の渦中に引き込まれていた。

「帰りたい。だが、当分は……」

「駄目か」

「駄目であろうな」

櫓を漕ぎながら見下ろす安積の体が一回り小さくなっていた。

「安積どの、尋ねたきことがある」

「なんだな」

「それがしのような風来坊《ふうらいぼう》が水戸屋敷に居候しておることに異を唱える御仁はおられぬか」

安積が顔を上げて一松を見た。しばし沈思した安積が吐息とともに、

「おる」

「町屋に出よう」

「上屋敷の藤井様周辺が五月蠅《うるさ》いのは確かにござる。だがな、一松どの、それがし、そなたの助けをどれほど感謝しておるか、そなたがおらねば拙者《せっしゃ》も仲間も過日の夜の者たちのように骸《むくろ》になっていたであろう。光圀様もまた大安寺どのを手放してはならぬと書状で何度も命じてこられた」

「いつまで騒ぎが続くと思うな」

一松の問いに安積は答えなかった、答えられなかった。

猪牙舟が動きを止めたのは大川河口に浮く佃島《つくだじま》であった。

「一松どの、今日の集まりは警護をだれもつけぬ約定でな、そなたは島には上がれぬ。すまぬが舟にて待ってくだされ」

「集まりはどちらかな」

安積はしばし答えを迷った後に、

「住吉社《すみよし》」

と答えて舟から上がった。

一松は佃島の、住吉社の境内が見通せる水路の一角に茂ったある中州に猪牙を入れて舫った。それから半日、一松は住吉社を眺めて時を過ごすことになる。

島のあちこちに小舟が着けられ、羽織袴の武家ら十数人が住吉社の奥ノ院に消えた。そしてそのまま、供を乗せた小舟が島のあちこちに停泊していた。だが、どの舟として連立って舫われているものはなかった。

ゆるやかに正月半ばの陽光が西に傾き、江戸市中に夕暮れが訪れ、夜に変わった。

集まりが終わったのは四つ（午後十時）の刻限に近かった。

住吉社の境内に人の気配がして、それぞれ下りた河岸へと向かった。だが、だれ一人として明かりを点している者はいなかった。

一松も安積覚兵衛を下ろした石垣の船着場に向かった。

安積が姿を見せたのはそれから四半刻後のことだった。よろめくように石段を下りて猪牙に乗り込んだ安積は、

「待たせたな、一松どの」

とまず詫びた。

一松は辺りを見回し、猪牙舟を船着場から離した。すぐに櫓に握り替えた一松は佃島の水路から一気に江戸湊へと出した。

刺客に襲われることを案じたのだ。

広々とした海面に出た猪牙の舳先を大川へと向けたのは、辺りに怪しい船がいないと確かめた後のことだ。

安積覚兵衛は朝方よりもさらに困憊していた。ものをいう気力もないようでじいっとしていたが、猪牙が永代橋を潜った頃合、

「差し当たって藤井紋太夫派と手打ちがなった」

と答えた。

「柳沢保明がよう黙っておるな」

「光圀様が綱吉様のご生母桂昌院《けいしょういん》様に手紙を送られ、なんぞ吹き込まれた様子にて、さすがの御側御用人も綱吉様ご生母には楯突《たてつ》けませぬ」

一松には理解の外のことだ。

「安積どの、ようよう水戸に戻れるか」

「この二、三日の推移次第かな」

暗黒の川面を一松の漕ぐ猪牙舟は進み、夜半前にようやく小梅村の蔵屋敷に到着した。

翌早朝から一松は、蔵屋敷にある瓢簞池の奥の稽古場で汗を流した。

昨日、佃島の中州の舟で半日を過ごし、なにかもやもやとしたものが五体に詰まっているようで気分が悪かった。

それらの不快感を汗と一緒に流そうと、いつもより熱心に愛甲派示現流の山稽古を繰返した。

昼前、表門の内側を通りかかると、御庭の一角に青竹を組み合わせて立てた左義長《さぎちょう》があった。

正月十五日は小正月ともいい、門松、注連縄《しめなわ》を外して燃やした。これは悪魔払いの行事で、十六日の明け方に火をつけられたが、水戸家蔵屋敷では小正月の夕刻に燃やした。

蔵屋敷じゅうのお供えが集められるとかなりの高さになった。

一松はその様子を見ながら台所に行き、おとくの給仕で昼餉を食した。その後、長屋に戻り、夜具を被ってごろりと横になった。

昨夜は安積の供で一刻半（三時間）ほどしか眠っていない。

一松はどこからともなく聞こえてきた立ち騒ぐ声に目を覚ました。すると格子窓から夕暮れの明かりが差し込んでいた。

騒ぎ声は左義長の庭からか。

一松は柄杓《ひしゃく》で水甕《みずがめ》の水を汲《く》み、飲んだ。小便もしたかった。

脇差を差しただけで厠《かわや》に向かおうとして木刀を手にした。一松にとって師匠手造りの木刀はもはや手放せぬ、体の一部のようなものだった。

厠に行き、長々と小便をして、子供たちが騒ぐ声に誘われるように左義長の庭へと向かった。

折から火が点《つ》けられたか、一段と大きな歓声が起こった。

太鼓、笛、鉦《かね》の音も加わって聞こえた。

高さ二十尺（約六メートル）余に積み上げられた左義長が燃え上がり、大きな人の輪が取り囲み、お長屋に住む中間の子などがうれしそうに見物していた。武家の子弟も遠くから眺めていた。

上屋敷ならばこのように武家の子弟と中間の子が同じ場にいるようなことは許されなかったかもしれない。だが、水戸家の蔵屋敷は下屋敷も兼ねて、船頭や水夫など町人の出入りも多く、それだけ砕けた屋敷暮らしだった。

左義長の炎に景気をつけるように太神楽《だいかぐら》が囃子立《はやした》てていた。

太神楽の中でも丸一、大丸、海老一などは、

「年々諸大名家の奥庭、または物見の窓下へ召されて、駕籠鞠《かごまり》、開き万灯などの曲芸を演じた」

と伝えられる。

そんな一座であろうか。

縦縞木綿を裾からげにした大男を中心に、三人が囃子方を務めていた。

一松の身丈より二寸ほど高い巨漢が木刀五、六本を次々に投げ上げ、虚空でくるりと回転した木刀が巨漢芸人の手に落ちて、再び力を与えられる芸を披露していた。

太鼓、笛、鉦の調べが乱調子に変わると連鎖する木刀の輪はさらに大きな円を虚空に描き、それが左義長の炎に照らされて、なんとも壮観な感じを与えた。

見物の人込みがさらに増えていた。

巨漢芸人は前後に動きながら、木刀を次々に投げ上げ、移動した。

一松が気づくと芸人と一松が五、六間の距離を置いて向き合っていた。

「はいっ」

鉦を叩く仲間がいつどう用意したか、抜き身の刀を木刀と木刀の間に織り込むように投げていった。

なんと木刀と抜き身の十本余りが左義長の炎に浮かんで、抜き身がきらきらと光る様に見物の家臣たちや家族たちの声もない。

一松は違和を覚えた。

その瞬間、巨漢の芸人が頭上で描く輪が崩れ、一松に向かって、木刀と抜き身が襲いかかり雪崩《なだ》れ落ちてきた。

悲鳴が起こった。

一松は咄嗟《とっさ》に肩に担いだ木刀で弾いた。だが、周りの見物の子供たちを気遣い、足元へと落としていた。

視線の端で、巨漢の芸人の形相が変わり、囃子方三人がそれぞれ木刀を手にしたのを認めた。

巨漢の口から、
ちぇーすと！

の声が洩れ響いた。

一松は薩摩の刺客かと気づかされた。

その瞬間には巨漢が一松へと間合いを詰めてきた。

一松も呼応して走った。

忽《たちま》ち間合いが詰まり、再び二人の口から、
ちぇーすと！

の叫び声が上がり、二人は虚空へと飛び上がっていた。

左義長を見物しようと玄関の式台に立っていた安積覚兵衛の視界から二人が消えた。安積は式台を走り降りて、玄関前の石畳に出た。

二人の剣者は炎に照らされた天空で競い合うようにさらなる高みへと飛翔《ひしょう》しようとしていた。

なんという飛躍力か。

見物のだれもが思った。

その瞬間、芸人剣者の上昇は止まった。

一松はさらに高みへと身を上げ、四尺五寸の赤樫の木刀を自らの背に打ち付け、その反動を利して振り下ろした。

芸人剣者もまた木刀を一松へと叩き付けていた。

安積は見ていた。

一松が木刀を振り下ろした瞬間、波動が生まれて三角の真空を生じさせたことを。それが芸人剣者の脳天に襲いかかり、

かーん！

と乾いた音を響かせた。

すると一松の木刀が相手の額に届く前に二つに割れ、血飛沫が大きく舞って、左義長の炎に照らし出された。

げえっ！

芸人剣者の五体がくねくねと虚空で揺れ動き、押し潰されるように水戸家蔵屋敷の玄関先に崩れ落ちた。

一松がその一瞬後に着地した。

「秘剣雪割り」

三人の囃子方がその時を待っていたように三方から押し包んで木刀を振るった。

一松が片膝を突いた姿勢で木刀を遣った。

安積覚兵衛も、

（大安寺一松、これまでか）

と覚悟した。

その直後、押し包んだ三人の刺客の体が足を、腰を打ち砕かれ、三方に散り飛んだ。

片膝立ちの一松の口から、

「秘剣孤座」

の言葉が洩れ、悠然と立ち上がった。

薩摩藩の探索方萬次郎は、大きく開け放たれた水戸家の蔵屋敷の外から慄然《りつぜん》とした光景を見せられ、

がくり

と虚脱した。

この夜、大安寺一松の姿は水戸家蔵屋敷のお長屋から掻き消えた。

解説――「剣劇の青春」を甦《よみがえ》らせたムーブメントの牽引《けんいん》役・佐伯泰英

文芸評論家　井家上隆幸《いけがみたかゆき》

中里介山《なかざとかいざん》『大菩薩峠《だいぼさつとうげ》』から山本周五郎《やまもとしゅうごろう》『樅《もみ》の木は残った』にいたる大衆文芸と、澤田《さわだ》正二郎《しょうじろう》から女剣劇までの剣劇史と、マキノ映画から東映映画までの剣戟《けんげき》映画を連関させた、大井広介《おおいひろすけ》『ちゃんばら藝術史』（初版実業之日本社、昭三十四。佐藤慶《さとうけい》による増補改訂版、深夜叢書社、平成七）は、「剣劇はすでに壊滅した。／その青春時、華やかな最盛時は、とっくの昔に終りを告げている。／私が、チャンバラのファンだとしても、その厳然たる事実は、承認しないわけにはいかないのである」と結んでいる。

　戦前、自分の生まれた年代より以前の「少年倶楽部」や「講談倶楽部」「キング」などで吉川英治《よしかわえいじ》や大佛次郎《おさらぎじろう》、野村胡堂《のむらこどう》、角田喜久雄《つのだきくお》、林不忘《はやしふぼう》、三上於菟吉《みかみおときち》、直木三十五《なおきさんじゅうご》、土《は》師《せ》清二《せいじ》、佐々木味津三《ささきみつぞう》、下村悦夫《しもむらえつお》、国枝四郎《くにえだしろう》らの伝奇時代小説をむさぼり読み、それらを原作としたちゃんばら映画を観てきた少年時代をそのまま戦後にひきずり、もちろん山本周五郎、長谷川伸《はせがわしん》、藤沢周平《ふじさわしゅうへい》、池波正太郎《いけなみしょうたろう》、五味康祐《ごみやすすけ》、柴田錬三郎《しばたれんざぶろう》、司馬遼太郎《しばりょうたろう》ら、

「時代小説」を論じる本が必ずとりあげる作家も読んだが、それ以上にたとえば山田風太《やまだふうた》郎《ろう》『甲賀忍法帖』を連載した「面白倶楽部」など、倶楽部雑誌に耽溺《たんでき》したものだった。要するに「チャンバラの青春時、華やかな最盛時は、とっくの昔に終りを告げ」たという大井広介の見切りそのまま「時代小説論」に、どうしても与《くみ》しえなかったのだ。

そんなわたしにとって、一九六八年に『吉原御免状』でデビューした隆慶一郎《りゅうけいいちろう》は、戦前伝奇時代小説の面白さを復活させた作家だったし、事実、藤沢周平、池波正太郎に拮抗《きっこう》して〝時代小説ブーム〟を現出させたのだけれども、それにつづく作家たちの玉石《ぎょくせき》いずれかもさだまらぬままに、わずか五年で隆慶一郎が去ってしまえば元の木阿弥《もくあみ》、映画もそうだが衰退するとなぜか「評論」が族生する。時代小説もしかりで「藤沢周平以外に神はなし」的（なぜか山本周五郎も忘れさられて）縮かんだ状況になってしまった。

そんな状況に猛然《もうぜん》と挑んだのが、チャンバラ活劇、伝奇物、捕物帖、股旅物とエンターテインメントに徹した「文庫書下ろし時代小説」の作家たちである。宮城賢秀《みやぎけんしゅう》、鳥羽亮《とばりょう》、鈴木英治《すずきえいじ》、黒崎裕一郎《くろさきゆういちろう》、浅黄斑《あさぎまだら》、鳴海丈《なるみじょう》、藤原緋沙子《ふじわらひさこ》……。かれらが、主人公が危難にぶつかっては切り抜けていく連作シリーズを次から次と生み出していく「文庫書下ろし時代小説」は、戦前「剣劇の青春時、華やかな最盛時」をいまに甦らせつつある。佐伯泰英《さえきやすひで》は、そのムーブメントの、まぎれもなく牽引《けんいん》車的存在である。

一九九九年、『密命―見参！　寒月霞斬り』で時代小説作家としてデビューして以降、佐伯泰英は、ただ一篇『異風者《いひゅもん》』を除いて、なんと九つの連作シリーズを書きつづけている。しかも同工異曲は一つもなく、いずれのシリーズも想を凝らして独自の世界をつくりあげている。

本書『秘剣孤座』で第四巻となる「秘剣シリーズ」の主人公、摂津《せっつ》三田《さんだ》藩の浪人・大安《だいあん》寺一松弾正《じいちまつだんじょう》は、元をただせば三田藩の中間《ちゅうげん》の子。十七歳にして身の丈六尺、「悪松」の名で知られた乱暴者。賭場の諍《いさか》いで殺された父の仇討ちと相手を叩きのめしたはいいが、南町奉行所の同心市橋武太夫《いちはしぶだゆう》と御用聞きの梟《ふくろう》の黒三郎《くろさぶろう》に捕えられ、百叩きの上江戸所払いとなり、品川宿で遊興帰りの武士を襲って路銀をつくり、箱根《はこね》では旅人を襲った山賊を殺して金と名刀長船兼光《おさふねかねみつ》を奪い、瞼《まぶた》の母を訪ねて浜松へ。宿場の飯盛りだった母はすでに亡く、墓のある寺を姓にして大安寺を名乗って江戸へ帰る途中の箱根山。侍二人を襲って財布を奪うが、薩摩《さつま》示現《じげん》流の遣い手愛甲喜平太《あいこうきへいた》に叩きのめされ、余命いくばくもない喜平太に厳しい稽古を受けること二年余、示現流を体得し、「秘剣雪割り」を編み出し、江戸に戻って道場破りの日々。千住《せんじゅ》で女郎をしていたやえと出会うが、薩摩藩をたきつけた市橋と梟を殺し、薩摩藩士二十三名と戦い勝って、身請けしたやえとともにやえの故郷九《く》十九里《じゅうくり》の白子《しらこ》浜へ――と、これがシリーズ①『秘剣雪割り―悪松・棄郷篇』。

頃は元禄《げんろく》、武士でさえ剣で世に出ることなどできぬのに、剣に生きると決心して荒修行に励む中間上がりの一松に、藩主綱条《つなえだ》の家老藤井紋太夫《ふじいもんだゆう》と確執する水戸光圀《みとみつくに》の家臣佐々木《ささき》介三郎《すけさぶろう》が接近。薩摩藩士、東郷重綱《とうごうしげつな》の必殺技「鎌鼬《かまいたち》」を「秘剣瀑流返し」で破る（②『秘剣瀑流返し―悪松・対決「鎌鼬」』）。薩摩藩邸に監禁されたやえを救いに乗り込むが衆寡《しゅうか》敵せず、瀕死の一松は水戸の手引きで死地を脱し、湯治場で「秘剣乱舞」を完成し、解放されたやえとともに日光《にっこう》へ。佐々木から上府する光圀の影護衛を依頼され江戸へ。藤井紋太夫と将軍側用人柳沢吉保《やなぎさわよしやす》の刺客団を「秘剣乱舞」で退ける（③『秘剣乱舞―悪松・百人斬り』）――と、①―③の展開をかいつまめば、一松が薩摩示現流と戦い他流派の遣い手と戦い、秘剣を会得して天下一の覇者の道を歩んでいく、いわば宮本武蔵《みやもとむさし》的ビルドゥングスロマンであり、それが水戸光圀と将軍綱吉との権力闘争とリンクしていく波乱《はらん》万丈《ばんじょう》のシリーズであることが見えてくるだろう。

シリーズ④の本書では、「悪松」の「悪」が士農工商の封建秩序からの「自由」と同義であることを、水戸光圀と将軍綱吉との確執のなかで一松が意識していくさまをえがいているといえば理に落ちすぎるだろうか。「その恐ろしく長い剣や木刀に頼りては真の開眼には到達しまい。剣者の悟達は素手にあり、頭にありじゃあ。分からぬか、偽侍」という光圀に「分からぬ。侍の値打ちは強いか弱いかよ。そのために他人よりも長く、重い得物を誰よりも早く振り回す、それだけのことですよ。光圀様、あとは理屈だ。鹿島も新陰も皆伝と称して、屁理屈をつけおった。商いのためにな」と返す一松は、わたしには、おのれのほかに権威を認めないという人間、隆慶一郎が主題とした「道々の輩《やから》」に近似しているように見える。隆慶一郎がその〝伝奇〟の骨格にすえた網野善彦《あみのよしひこ》のいう「芸能者」である。ラスト、一松が「秘剣孤座」をふるう薩摩の刺客が「芸人剣者」であるのは、単なる変装ではないのではあるまいか。

『闘牛士エル・コルドベス一九六九年の叛乱』や『狂気に生き』というノンフィクション、『殺戮《さつりく》の夏　コンドルは翔ぶ』にはじまる冒険小説と、わたしからみればいずれもピークに半歩遅れていたが、編集者に「書くとしたらあとは時代小説か官能小説しかないね」といわれて書いた『密命』は、隆慶一郎的伝奇を継承し、戦前「ちゃんばら小説」、「ちゃんばら映画」（それにつけ加えれば「長編ちゃんばら劇画」）の骨法を駆使することで、閉塞《へいそく》しきった時代小説に一歩も二歩も先んじていたのだ。そして読者はそれに感応したのだ。

わたしは、戦前の時代劇映画の名作『忠次《ちゅうじ》旅日記』三部作を撮った伊藤大輔《いとうだいすけ》が、「御用提灯なら五十や百はぶった斬っても、検閲にはかかりませんよ。時代劇を一つの手段に使う、現代劇にはとても許されぬことをやってのけられる。テロリズムもニヒリズムも、そこなら韜晦《とうかい》できるのではないか」といい、「百円の木戸銭持って入った人には、九十九円の楽しみをあたえたい満足してもらいたい、それが映画をつくる生甲斐だと、よろこびだと、その思いにだけは忠実でありたい、カツドウ屋はやめられない」といった思い、「無頼漢ならリアリズムで描けるが、英雄が主人公である以上は、様式美で悲壮感を盛り上げていかなければならない。言葉を換えていえば、韻を踏んだ呼吸と動作、テンポ、間合い、リズム、つまりカットの積み重ね、字幕、スポークン・タイトル」と竹中労《たけなかろう》がいい、「流動感ですね、いわば交響曲を演奏するように」「講談をタネ本にして」「そうそう、そこがなんといっても肝心《かんじん》です、庶民草莽《そうもう》のヒロイズムじゃなくてはいけない、ギリシャ悲劇になってしまっては具合が悪い」（竹中労『日本映画縦断①傾向映画の時代』対談）と伊藤大輔のいう時代映画の骨法は、そのまま佐伯泰英が領導する「文庫書下ろし時代小説」のそれではないか。

本書の時点で「悪松」はなんとまだ弱冠二十一歳。彼はさらに「秘剣」を創造し、剣で天下一の覇者となることを目指して、一散に駆《か》けていくだろう、駆け通しに傍目《わきめ》もふらずに駆けていくだろう。そしてわたしもまたいっしょに息せき切って駆けていくだろう。

一〇〇字書評

切り取り線

購買動機（新聞、雑誌名を記入するか、あるいは○をつけてください）	
□（　　　　　　　　）の広告を見て	
□（　　　　　　　　）の書評を見て	
□ 知人のすすめで	□ タイトルに惹かれて
□ カバーがよかったから	□ 内容が面白そうだから
□ 好きな作家だから	□ 好きな分野の本だから

●最近、最も感銘を受けた作品名をお書きください

●あなたのお好きな作家名をお書きください

●その他、ご要望がありましたらお書きください

住所	〒				
氏名		職業		年齢	
Eメール	※携帯には配信できません	新刊情報等のメール配信を希望する・しない			

あなたにお願い

この本の感想を、編集部までお寄せいただけたらありがたく存じます。今後の企画の参考にさせていただきます。Eメールでも結構です。

いただいた「一〇〇字書評」は、新聞・雑誌等に紹介させていただくことがあります。その場合はお礼として特製図書カードを差し上げます。

前ページの原稿用紙に書評をお書きの上、切り取り、左記までお送り下さい。宛先の住所は不要です。

なお、ご記入いただいたお名前、ご住所等は、書評紹介の事前了解、謝礼のお届けのためだけに利用し、そのほかの目的のために利用することはありません。またそのデータを六カ月を超えて保管することもありませんので、ご安心ください。

〒一〇一-八七〇一
祥伝社文庫編集長　加藤　淳
☎〇三（三二六五）二〇八〇
bunko@shodensha.co.jp

祥伝社文庫

上質のエンターテインメントを！　珠玉のエスプリを！

祥伝社文庫は創刊15周年を迎える2000年を機に、ここに新たな宣言をいたします。いつの世にも変わらない価値観、つまり「豊かな心」「深い知恵」「大きな楽しみ」に満ちた作品を厳選し、次代を拓く書下ろし作品を大胆に起用し、読者の皆様の心に響く文庫を目指します。どうぞご意見、ご希望を編集部までお寄せくださるよう、お願いいたします。

2000年1月1日　　祥伝社文庫編集部

秘剣孤座《ひけんこざ》　長編時代小説

平成17年9月5日　初版第1刷発行
平成19年11月5日　第9刷発行

著者　佐《さ》伯《えき》泰《やす》英《ひで》
発行者　深澤健一
発行所　祥《しよう》伝《でん》社《しや》
東京都千代田区神田神保町3-6-5
九段尚学ビル　〒101-8701
☎03（3265）2081（販売部）
☎03（3265）2080（編集部）
☎03（3265）3622（業務部）
印刷所　萩原印刷
製本所　積信堂

ISBN4-396-33247-5 C0193

祥伝社のホームページ・http://www.shodensha.co.jp/

祥伝社文庫

佐伯泰英
密命①見参！寒月霞《かすみ》斬り

豊後相良《さがら》藩主の密命で、直心影流の達人金杉惣三郎《かなすぎそうざぶろう》は江戸へ。市井《しせい》を闊達《かったつ》に描く新剣豪小説登場！

佐伯泰英
密命②弦月三十二人斬り

豊後相良藩を襲った正室の乳母殺害事件。吉宗の将軍宣下を控えての一大事に、怒りの直心影流が吼《ほ》える！

佐伯泰英
密命③残月無想斬り

武田信玄の亡霊か？　齢《よわい》百五十六歳の妖術剣士石動奇嶽《いするぎきがく》が将軍家を襲った。惣三郎の驚天動地の奇策とは！

佐伯泰英
刺客《しかく》　密命④斬月剣

大岡越前の密命を帯びた惣三郎は京へ現われる。将軍吉宗を呪う葵切り七剣士が襲いかかってきて…

佐伯泰英
火頭《かとう》　密命⑤紅蓮《ぐれん》剣

江戸の町を騒がす連続火付、焼け跡には〝火頭の歌右衛門〟の名が。大岡越前守に代わって金杉惣三郎立つ！

佐伯泰英
兇刃《きょうじん》　密命⑥一期一殺

旧藩主から救いを求める使者が。立ち上がった金杉惣三郎に襲いかかる影、謎の〝一期一殺剣〟とは？

祥伝社文庫

鳥羽 亮　妖剣おぼろ返し　介錯人・野晒唐十郎

かつての門弟の御家騒動に巻き込まれた唐十郎。敵方の居合い最強の武者・市子畝三郎の妖剣が迫る！

鳥羽 亮　鬼哭《きこく》霞飛燕《かすみひえん》　介錯人・野晒唐十郎

敵もまた鬼哭の剣。十年前、許嫁を失った苦い思いを秘め、唐十郎は鬼哭を超える秘剣開眼に命をかける！

鳥羽 亮　闇の用心棒

齢のため一度は闇の稼業から足を洗った安田平兵衛。武者震いを酒で抑え、再び修羅へと向かった！

鳥羽 亮　怨刀《おんとう》鬼切丸《おにきりまる》　介錯人・野晒唐十郎

唐十郎の叔父が斬られ、将軍への献上刀・鬼切丸が奪われた。刀を追う仲間が次々と刺客の手に落ち…

鳥羽 亮　さむらい　青雲の剣

極貧生活の母子三人、東軍流剣術《とうぐんりゅうけんじゅつ》研鑽《さん》の日々の秋月信介《あきづけしんすけ》。待っていたのは父を死に追いやった藩の政争の再燃。

鳥羽 亮　地獄宿　闇の用心棒

極楽屋に集う面々が次々と斃される。敵は対立する檜熊一家か？　存亡の危機に老いた刺客、平兵衛が立ち上がる。